ペニー・ジョーダン

1946年にイギリスのランカシャーに生まれ、10代で引っ越したチェシャーに生涯暮らした。学校を卒業して銀行に勤めていた頃に夫からタイプライターを贈られ、執筆をスタート。以前から大ファンだったハーレクインに原稿を送ったところ、1作目にして編集者の目に留まり、デビューが決まったという天性の作家だった。2011年12月、がんのため65歳の若さで生涯を閉じる。晩年は病にあっても果敢に執筆を続け、同年10月に書き上げた『純愛の城』が遺作となった。

主要登場人物

ルイーズ・アンダーソン……カウンセラー。愛称ルー。
オリバー・アンダーソン……ルイーズの息子。愛称オリー。
メリンダ・ロリマー……ルイーズの父親の再婚相手。
シーザー・ファルコナリ……シチリアの公爵家の当主。
アンナ・マリア……シーザーの従姉。
カルロ……アンナ・マリアの息子。
アルド・バラド……シチリアの村の村長。
ピエトロ・バラド……アルドの息子。

1

「つまり、お祖父(じい)さん夫婦が、自らこのサンタマリア教会に埋葬されることを希望していたというわけかな？」

男の淡々とした口調は、翳(かげ)りを帯びたその表情と同様、内心の思いをほとんどうかがわせなかった。だが日の光がうかびあがらせている顔だちは、彼が受け継いだものの本質を正確に表している。高い頬骨、そぎ落としたような鋭い顎のライン、オリーブ色がかった肌の色、誇り高い鷲鼻(わしばな)――そのすべてがシチリアを発見し、征服した侵略者たちの遺伝子を受け継いでいる証(あかし)だった。彼の先祖はいかなる妨害にも屈することなく、ほしいものを手に入れてきたのだ。そしていま、彼はひたすら彼女に意識を向けている。

ルイーズはとっさに距離を広げたくなり、思わずあとずさりした拍子に後ろの墓石の角に足をぶつけてよろめいた。

「気をつけて」

その素早い動きに、まるで彼の家名の由来であるはやぶさ(ファルコン)に急降下で襲われた、うさぎのように立ちすくむ。日焼けした細く長い指がルイーズの手首をつかんで引きよせ、ミントの匂いのあたたかな息が顔に降りかかった。

ルイーズは動けなかった。口をきくことも、考えることさえもできなかった。できるのは、溶岩のようにわきあがる熱い感情が体のすみずみまで流れこんでいくのを、ただ感じることだけ。これは拷問だ。拷問……拷問ですって？　自分のそんな考えを蔑んで、身もだえする。ただ手をつかまれているだけで拷問なんてばかげている。これは単なる自己嫌悪……心を動かされたりはしない。

だが、〝放して〟とささやくその声は、自立した女の冷徹な命令というより、無力な犠牲者の悲痛な叫びのようだった。

彼女はイギリスのばらとラベンダーの香りがした。見た目も典型的なイギリス人女性だ。しゃべりかたさえイギリス人らしい。だが、ひとたび彼女に触れたとたん、その血の中に隠し持っているシチリア人の気性の激しさがあらわになった。

「放して」ルイーズは言った。

その言葉に過去の記憶を呼び起こされ、シーザーは口もとをこわばらせた。それはとっさに背を向けたくなるほどつらい記憶だった。耐えがたいほどの苦痛に満ち、罪悪感にまみれた記憶だった。

なのに、なぜいまさらこんなことをしなければならない？　彼女の憎しみをいっそうつのらせ、ぼく自身の罪の意識を深めるだけなのに。

なぜなら、ほかに道がないからだ。自分のことよりも人々の利益を、そして家名に対するおのれの責任を考えなければならないからだ。

実際、二人のどちらにも真の自由などありえない。しかも、それは彼のせいだった。どう考えても、すべて彼のせいなのだ。

心臓が重く鼓動をきざみはじめた。これほどルイーズを意識し、その魅力に惑わされるとは予想外だった。彼女はシチリアの火山のように、氷でおおわれた頂の下に炎を燃えたぎらせている。シーザーは想像もしていなかったほど、自分が感じやすくなっているのがわかった。

なぜだ？　彼とベッドをともにしたがる美しくセクシーな女たちはいくらでもいるのに。実際そういう女たちと関係を持ったこともあったが、一時的な快楽を貪ってもむなしさしか残らず、さらにもっと満ちたりた意味のあるなにかを求めてしまう。だが、そんな関係を築けそうな女に差しだせるものなど、シーザーにはもうなにもなかった。

結局、自分は人を愛せない男になってしまった。先祖の足跡をたどらねばならない、人々の未来を背負った男に。

それは彼が子どものころから叩きこまれてきた責務だった。六歳で両親を亡くしたときでさえ、自分の立場と務めを忘れるなと周囲の人々からよく言われた。亡き父のあとを継ぐのはそれほど重要なことだった。よそ者からすれば、この社会の価値観や慣習は古いうえに厳しく、非情とさえ思われるだろう。シーザーはそれを改善するためにできるかぎりのことをしているが、そうした改革は一朝一夕になしとげられるものではない。とくに評議会の役員たちが新しい流儀に猛反発している場合は。だが、シーザーはもはや六歳の子どもではない。必ずこの社会を変えるつもりだった。

改革。一瞬彼の心はあてどなくさまよった。ほんとうに根底から物事を変えるのは果たして可能なのだろうか？ 古い悪習は正せるものなのか？

彼は夢想を払いのけ、現実に返った。

「きみはまだぼくの質問に答えていない」ルイーズに向かってそう告げる。

その傲慢な口調は気に入らなかったが、二人のあいだに漂う雰囲気が正常に戻ったことにほっとして、ルイーズは短く言った。「答えはイエスよ。これは祖父母の遺志なの」

彼女はこの会見と尋問に、さっさとけりをつけてしまいたかった。何世紀も前にこの小さな教会が立っている土地を彼の先祖が提供したからといって、危険なまでにセクシーでハンサムな、尊大このうえない男にひれ伏さなければならないいわれはない。だが、シチリアの封建的な土地ではそれが当たりまえなのだ。

　シーザーはこの教会と村の所有者であるばかりでなく、シチリアの土地をどれだけ所有しているかはかり知れないほどだった。また彼は、土地に代々住む人々の〝父親〟的存在である、地元の総領（パトローネ）でもあった。称号や土地とともに、彼はその役割をも受け継いだ。それはルイーズも祖父母の苦労話を聞くうちに知るようになっていた。祖父母は子どものころ、シーザーの先祖が所有する土地で働かされていたのだ。

　雲ひとつない青空からエトナ火山に連なる山々に視線を移し、ルイーズは小さく身震いした。もう一度こっそり空模様を確認する。昔から雷が嫌いなのだが、あの山々は突然雷をとどろかせることで有名だ。いきなり襲いかかる激しく危険な雷雨。まるでいまわたしを見ているこの男のように。

　彼女はシーザーの想像とはまったく違っていた。淡黄色のブロンドも、青みがかったグリーンの目も、イタリア女の誇り高さは持ちあわせているにしても、シチリア人のものではない。身長は低くも高くもないが、ほっそりした華奢（きゃしゃ）な体つきをしている。少しだけ日焼けした手首の細さからすると、華奢すぎるほどだ。卵形の顔は女らしく端整で美しい。行く先々で男をふりかえらせる女だ。だが、その落ち着きはらったクールな雰囲気は持って生まれたものではなく、作られたものなのではないか？

　それにぼく自身の彼女に対するこの感情はいったいなんなのだろう？　シーザーは表情を読まれないように彼女から顔をそむけた。この顔が暴露しているものが怖いのか？　なんといってもルイーズはプロ――人の心の奥を探り、そこに隠されたものを見つけだすプロなのだ。シーザーは心の中を見透かされるのが怖かった。

罪悪感、悲しみ、プライド、義務感——そうしたものの上にようやくできたかさぶたを、彼女に引きはがされてしまうかもしれない。この十年間、自分を恥じる気持ちと罪の意識を、重荷のように背負いつづけてきた。その二つはこれからも背負いつづけるしかない。修復は試みた。謝罪の気持ちや血のにじむような思いを手紙にしたため、送ったけれど、返事はなかった。読んでもらえたのかどうかもわからない。たぶん一生許してはもらえないだろうし、それも無理はない。ぼくがしたことは許されることではないのだから。

しかし、この罪悪感はぼくがひそかに受けている罰であり、ルイーズに背負わされているわけではない。だから、彼女とこうして向きあっていてもその重さに変わりはないはずなのに、彼女がそこにいなくても常にずっしりとのしかかっているのに、胸を引き裂く痛みはいっそう鋭くなって、息をするのも苦しいくらいだった。

二人は英語で話していて、淡いブルーのシンプルなドレスをまとい、白い亜麻布でつつましやかに肩をおおったルイーズの装いは、いかにもバカンスでシチリアにやってきた教養ある中流階級のキャリアウーマンらしい。

彼女の名はルイーズ・アンダーソン、そして彼女がこの静かな墓地に埋葬しようとしているのは母方の祖父母であるシチリア人夫婦の遺灰だ。彼女の父親はオーストラリア人だが、父親のルーツもシチリアにある。

シーザーは体を動かし、その動きで上着の内ポケットに入れた手紙を意識した。

ルイーズは自分を見つめる男に巧みに操られてい

るような気がして、神経がぴんと張りつめるのを感じた。ファルコナリ一族は自分たちより弱いとみなした者に対し、残酷にふるまう面がある。それは記録され、語りつがれてきた歴史的事実だ。しかしシーザーがルイーズの祖父母やルイーズ自身に対して残酷にふるまう理由はどこにもないはずだ。

それでも、祖父母の遺志を伝える彼女からの手紙を受けとった司祭が、埋葬にはファルコナリ公の許可が必要なので——正規の手続き、と司祭は書いていた——彼に面会できるよう手配したと返事をよこしたときには愕然とした。

ルイーズとしては、死者たちの静謐な記憶があふれる古い墓地よりも、ホテルの人ごみにまぎれて会うほうがありがたかった。だが、シーザーの言葉は絶対なのだ。それがわかっているだけにますます距離を広げたくて、今度は後ろに障害物がないことを確認してからあとずさりをする。そうすることで少しでも彼の磁力から逃れられるかのように。その性的な魅力からも……。

ルイーズは思わず体を震わせた。自分がこんなにも彼を意識してしまうなんて、覚悟が足りなかったと思う。以前よりもはるかに……。

と、そこまで考えて危険な思考にブレーキをかけ、シーザーの声で気をそらされたことにむしろほっとした。

「お祖父さん夫婦は結婚して間もなくシチリアからロンドンに移住してしまったのに、それでもこの地に埋葬してほしがっていたのか？」

まるでいまだに祖父母が農奴の身分で、彼がその主人であるかのように、彼らの遺志に疑いを差しはさむとは、いかにも傲慢な権力者らしい態度だった。ルイーズは嫌悪感に血がたぎるようで、彼に反感を抱く理由ができたのがうれしかった。いや……理由など必要ない。わたしが反感を抱くのは当然の権利だ。先祖の眠るこの地に遺灰を埋めてほしいという祖父母の願いがかなえられるのが当然の権利であるように。

「祖父母がシチリアを去ったのは仕事がなかったからだわ。親やそのまた親はあなたの先祖に微々たるお金でこき使われていたけれど、祖父母はもうそういう仕事にさえありつけなかったのよ。それでもシチリアに埋葬してほしいと願ったのは、ここが彼らの生まれ故郷だからよ」

シーザーは彼女の声ににじむ非難と敵意を聞き逃さなかった。

「だが……娘であるきみの母親ではなく、孫にその仕事を託すなんて、少々不自然な気がするな」

シーザーは内ポケットの手紙の重みを再び意識した。そして自分の罪悪感の重さも。すでに謝罪は終えている。もうこのままそっとしておくべきだろう。いまさら罪悪感をさらけだすのは身勝手な自己満足にすぎない。ましてそれだけですむ問題でないのなら。

「母はもう何年も前から再婚相手とパームスプリングズに住んでいるけど、わたしはずっとロンドンにいたのよ」

「お祖父さん夫婦といっしょに？」

単に事実を確認するような言いかただった。

わたしの要求を拒否するために、わたしが敵意をあらわにするよう挑発しているのだろうか？　彼ならそのくらいやりかねない。でも、その手にはのらない。感情を隠すのは得意だ。過去に充分経験を積んでいる。一族の面汚しと烙印（らくいん）を押されて両親に背を向けられたら、感情を隠すのもうまくなろうというものだ。あの屈辱は生涯忘れられないし、プライドもプライバシーもあのときにすっかり奪われてしまった。

「ええ」ルイーズは答えた。「両親の離婚後、わたしは祖父母と暮らすようになったの」

「だが、離婚直後からではなかったんだろう？」

その問いは電流のように体の中を駆けぬけ、すでに癒えたはずの過敏な神経の末端にまで衝撃を与えた。だが、そんなそぶりを見せるつもりはない。

「ええ」そう認めたけれど、シーザーの目を見られずに墓地へと視線を向ける。両親の結婚の破綻をきっかけに、自分のあこがれや希望は葬り去ってしまった。この墓地に葬り去られたもののように。

「最初は父親と暮らしていた。十八歳の娘にしてはちょっと変わった選択なんじゃないか？　母親でなく父親との暮らしを選ぶなんて」

いったい、なぜそんなことまで知っているのか、とはききかえさなかった。司祭からの手紙で、家族の過去を知らせるよう要求されていた。シチリアの緊密な共同体の習慣として、ロンドンで調査もさせたのではないかと、ルイーズは疑っている。

それを思うと胸に不安がこみあげてきた。もしわたしのせいで、この男が祖父母の最期の願いをかなえてくれなかったら……。

彼女は思わずうつむいた。金色の髪が緑濃い糸杉の木もれ日を受けて、きらきらと輝く。

司祭ではなくシーザーに会うはめになるとは予想もしなかった不快な展開だった。彼がこちらを見るたび、次の質問に移る前に黙りこむたび、攻撃に備えて身構えてしまう。いますぐきびすを返して逃げだしてしまいたい。でも逃げてもわずかな時間稼ぎにしかならず、そのあいだも自分のいまわしい運命を想像していたずらに苦しむだけだろう。それならこの場に踏みとどまって立ちむかうほうがまだましだ。少なくとも自尊心は傷つかずにすむ。

それでも本心をぶちまけてしまわないよう、ルイーズは整った白い歯を食いしばらなくてはならなかった。わたしと母が疎遠であることなど、彼にはなんの関係もないはずだ。母は昔から娘に無関心で、いつも新しい恋や次のパーティにばかり気をとられていた。実際これまでをふりかえっても、母がそばにいた時間より、いなかった時間のほうがずっと長いくらいだ。パームスプリングズに引っ越すと聞かされたときも、正直なところ、かすかな安堵以外なにも感じなかった。だが、父親との関係については また話が違ってくる。父のそばにいると、自分の至らなさに、絶えず思いが及んでしまう。

一瞬の間をおいて、ルイーズはなんとか答えた。

「両親が離婚したとき、わたしはロンドンの高校の最終学年だったから、父と暮らすほうが理にかなっていたのよ。家族で住んでいた家は売りに出していたし、母はパームスプリングズへの引っ越しが決まっていたから、父のアパートメントに移ったの」

干渉が過ぎると思ったけれど、この男に逆らうのは、封印した過去を守る盾に亀裂を入れられるたび怒りがこみあげてくるとしても、逆効果だろう。

肝心なのは、この傲慢な憎むべき領主に祖父母の埋葬を認めさせることだ。託された大事な務めを果たしてしまえば、自分自身の感情を吐きだすことだってできる。そして過去と決別し、自分の人生へと歩きだすのだ。

ルイーズは口の中の苦みをこらえて唾をのみこんだ。感情に支配され、その代償を支払わされた荒れる十八歳の少女から、よく成長したものだと思う。

あの嵐のような数年間のことは、思い出すだけでぞっとしてしまう。両親の結婚生活が破局を迎え、別居した二人のあいだをまるで不要な荷物のように行ったり来たりさせられた。とくに父の新しい恋人にははっきりと邪魔者扱いされた。やがて家族の顔に泥を塗った娘は、もうそれぞれが新しいパートナーと築く家庭には受け入れてもらえなくなった。

思いかえしてみると、両親がわたしを難しい子どもとみなしていたのは無理もないことだったのだろう。わたしが父の愛を得ようとあんなに必死になったのは、父が仕事に打ちこむあまり不在がちだったせいだろうか？　それとも父が母の妊娠によって結婚させられたことを心の中で恨み、悔やみつづけていたのを、わたし自身当時から本能的に感じとっていたからだろうか？

前途有望な新進気鋭の研究者にとって、妊娠させてしまった女子学生との結婚は不本意きわまりないものだった。だが、ロンドンのシチリア人社会の一員であるケンブリッジの先輩から圧力をかけられ、若き研究者は彼を旧弊な閉鎖社会からの逃げ道とみなしていた美人の女子学生と、結婚するしかなくなってしまった。研究者としての将来を台なしにしないために。

ルイーズは自分自身をシチリア人だとは思っていないが、父親に愛されないことを屈辱と感じてきたのは、体の内に流れるシチリア人の血のせいかもしれない。イタリアの男たち――とくにシチリアの男たちは、ほとんど例外なく子どもを溺愛する父親になる。しかし、ルイーズの父は彼女をほしがらなかった。父にとって彼女は人生設計の邪魔になる存在でしかなかった。泣いたりまとわりついたりする子どもから口のへらないティーンエイジャーになったルイーズは、父をいらだたせ、うるさがらせるばかりだった。父のように旅を愛し、自由を謳歌したい男からすれば、結婚や子どもはただの足かせにすぎなかった。それだけ考えても、父の気を引いたり愛情を求めたりするのは最初から無駄な努力だったのだ。

だが、ルイーズは自分が作りあげた架空の世界に――父親に溺愛される娘の世界に、あくまでしがみついていた。母に入れられた名門女子校では、地位にも容姿にも恵まれた父との仲のよさを自慢した。

当時父は人気の高い娯楽教養番組のコメンテーターを務めており、同級生がルイーズを受け入れてくれたのはもっぱらそのおかげだった。

そんな薄っぺらな、他人と張りあってばかりの環境が、わたしの中の悪いところを引きだしてしまったのだ、とルイーズは思う。素行の悪い子のほうがいい子よりも目だつことは子どものころに学んでいたので、彼女はその学校でも意識して悪い子のイメージを作りあげていった。

だが、当時は少なくとも父親がそばにいた。父の個人秘書となったオーストラリア人のメリンダ・ロリマーに父を奪われるまでは。彼らの関係が公になったとき、メリンダは二十七歳、ルイーズは十八歳だったから、二人が父の愛情をめぐって激しく争ったのも自然なことだったのかもしれない。

性的魅力に満ちたオーストラリア人の離婚経験者に、ルイーズはどれほど嫉妬したかしれない。メリンダは彼女をあからさまに疎んじ、ルイーズが使うはずだった部屋を自分の幼い二人の娘に占拠させてしまった。ルイーズは父の愛情を勝ちとりたい一心で、メリンダたち母子の黒髪に似せて髪を染めさえした。黒い髪、濃い化粧、露出度の高い服――そのすべてが父に愛される娘になるための戦略だった。

父は明らかにあの魅力的な秘書に夢中だったから、自分ももっと魅力的になって男の気を引けるようになれば、メリンダやかつての母のように父に自慢に思ってもらえるはずだと考えたのだ。その作戦が失敗すると、今度は父にショックを与えることにした。どう思われようと無関心よりはましだった。

父の関心を引き、胸に巣くうむなしさと飢餓感をとりのぞくためなら、なんでもする気だった。まだ十八歳で性体験はなく、わきあがる思いのすべてを父の愛を得ることにそそいでいた。もちろんいつかは誰かと出会い、恋に落ちるとわかっていたが、そのときの自分は父にこよなく愛され、堂々と顔をあげていられる娘でなくてはならない。誰にも愛されない厄介者ではなく。

そんな夢想を抱くことがいかに危険で有害か、ルイーズはまったく気づいていなかった。両親とも娘にそう忠告してやるほどの愛情さえなかったから。彼らにとって、ルイーズは望まぬ結婚によっておかした過ちを思い出させる存在でしかなかった。

「しかし大学に進学したときには、もう父親ではなくお祖父さんのもとで暮らしていたんだろう?」

シーザー・ファルコナリの声がふいにルイーズを現実に引きもどした。

とたんに彼の男らしさを意識して、危険なおののきが全身を駆けぬけた。性的な魅力を、いま着ている高価な服と同じほどたやすく身にまとっている男を。彼を前にして意識しないでいられる女などいないに違いない。誰もがみな想像してしまう……。

そこまで考えて、ルイーズは信じられない思いだった。いったい、どこからこんな考えが出てくるの? こんなのわたしらしくない。汗が額ににじみ、体が熱くほてりだす。わたしは、どうしてしまったの? 体じゅうの神経が過敏になっている。こんなのはおかしい。こんなはずはない。こんなの……不公平だ。

嵐の前のような不気味な静けさがルイーズをとらえた。なぜこんなふうになるのか、自分でもわからなかった。いま意識すべきは、シーザーが自分に害を及ぼしかねない危険な男だということだけ。彼にこんなにも体が反応していると悟られてはならない。彼を喜ばせるだけよ。

もう精神的に未熟な十八歳ではないと自分に言い聞かせ、過敏になりすぎた感覚をなんとか平常に戻していく。

「わたしの家族の過去についてそんなにご存じなら、

わたしの素行の悪さが父の婚約者の幼い娘たちに悪い影響を与えるのを心配して、父がわたしに家を出るように言ったこともご存じのはずよ」

「つまり、きみは追いだされたわけだ」

またただ。もともと背負っていた罪悪感に加え、新たな罪悪感がシーザーの心に鋭い刃を突きたてた。

この十年間、人々の意識の向上のために身を捧げてきたけれど、ルイーズが本来彼女を愛し気遣うべき人たちから心ない仕打ちを受けていたと知って、罪悪感がまたひとつ肩に重くのしかかった。彼女を傷つけたり苦しめたりするつもりはなかったが、いま考えると、許しを乞う謝罪の手紙に彼女が返事をくれなかったのも無理はないと思えてくる。

シチリアの父親がわが子を遺棄するなど、ふつうはありえないことだが、家族の恥ずべき行為で家名に傷をつけられてしまったら、一族にとってそれは何世代にもわたり忘れることも許すこともできない罪なのだ。

ルイーズは自分の顔が熱くなったのがわかった。自責の念のためか、それともあの不当な仕打ちにいまなお反発しているからだろうか？　いや、そんなことはどうでもいい。かつて自分の仕事に必要なトレーニングの一環として、ばらばらになった家族の再生を試みるカウンセリングを受けたとき、自身の判断ミスを認め、許し、そこから前進することのたいせつさを教わったはずだった。

「父はメリンダとオーストラリアで新しい生活を始めるつもりで、ロンドンのアパートメントを売ることにしたのよ。どっちみちわたしはもう十八歳の大人だったし、大学進学も決まっていたから。でも、そうね、事実上父はわたしを追いだしたんだわ」

そうして彼女が誰にも構われず孤独に耐えているあいだ、シーザーは遠く離れた地でおのれの罪悪感をなだめ、人々のプラスとなるような新しい生きかたを見つけるために、世界でもっとも貧しい人々の意識改革について学べるかぎりのことを学んでいた。

だが、そんな話をしてもなんの意味もない。ぼくがなにを言おうと、ルイーズは反発するだけだろう。

「それできみはお祖父さんの家で暮らすようになったんだな？」シーザーは言った。やはり感情のからんだ危険な話題に踏みこむよりは、既知の事実について尋ねるほうが楽だった。

ルイーズは高まる緊張に胸を締めつけられた。過去にわたしを傷つけ、踏みつけただけでは足りずに、この上まだつらい過去を掘り返すつもり？

あのときの心細さや孤独感は思い出すのもつらいほどだ。だけど、それを救ってくれたのが祖父たちだった。祖父と祖母の愛がわたしを救ってくれた。

子どもに愛情と安心感を与えてやることがいかに重要か、初めて実感したのはそのときだった。そのときを境にわたしの人生は変わった。そして、いつか必ず祖父母の愛に報いようと誓ったのだ。

「ええ、そうよ」

「彼らにしてみれば覚悟のいる決断だったろう、きみの――」

「したことを考えたら？　ええ、地元のシチリア人社会の人たちはわたしだけでなく、祖父母のことも非難し、批判したわ。わたしは祖父母の面目をつぶし、ひいてはロンドンに住むシチリア人たちの面目もつぶしかねなかったのよ。でも、そんなことは全部ご存じよね？　わたしがいかに恥知らずなまねをして、自分だけでなく祖父母や祖父母に連なる人たちを傷つけ、辱めたか。だけど、それでも祖父母はわたしの味方になってくれたわ。だからこそあなたから与えられる屈辱にも耐えて、ここにこうしているのよ」

シーザーはなにか言いたかった。彼女にわび、謝罪の手紙を送ったことを思い出させたかった。だが、ここはぐっとこらえなければならない。互いの感情だけで動くわけにはいかない。好むと好まざるとにかかわらず、二人とも自分たちが生まれた社会にいやおうなく織りこまれ、人生がその模様の一部になってしまっている。これはどうすることもできない現実だ。

「つまり彼らとの約束を守って、遺灰をここに埋葬してやりたいというわけだね？」

「それが二人の望みだったのよ。わたしが……彼らの顔に泥を塗ってからは、なおのこと切実に望んでいたわ。ここに埋葬してもらえなかったら、シチリア人社会から永久に爪はじきにされたままになってしまうから。彼らが洗礼を受け、堅信を授けられ、結婚したこの教会で、永遠の眠りにつく権利があると認め、もう一度受け入れてほしいのよ。その望みをかなえてあげるためなら、わたしはなんだってするわ。必要とあらばひざまずいて哀願してもいい」

彼女のここまでの率直さは予想外だった。敵意と憎悪は予想していたけれど、この率直さには不意をつかれてほだされそうだった。古い慣習の守護者でありながら、この土地の人々を二十一世紀という時代に追いつかせようと絶えず心を砕く、教養ある現代人としての部分が、ルイーズに同情を覚えさせるのだろうか？　彼女は古い慣習にそむく行為を悪とみなす価値観に、がんじがらめに縛られてきたのだ。

シーザーはガラスの破片で傷口をえぐられるような痛みとともに、またしても内ポケットの手紙を意識した。

わたしは自制心を失いかけている、とルイーズは思った。まずい。守勢にまわってしまってはいけない。大事なのは祖父母から受けた愛情に報いることだ。その邪魔は誰にもさせない。とくに同じ空気を吸っていると思うだけでも腹立たしい、横暴で尊大なこのシチリア人には。だいたいこれまでくぐりぬけてきた試練を思えば、あと少しぐらい屈辱的な思いをしても、どうってことはないでしょう？　ふいに〝我慢の限界〟という言葉が頭にうかび、小さいけれど鋭い棘のように突き刺さった。

　祖父母の家に連れていかれたときのルイーズは、ショックと恥ずかしさと怒りに茫然として、なにも考えられない状態だった。そこは祖父母が長いあいだ働いた末にレストランを開業し、成功させてようやく買った自慢の家だったけれど、ノッティング・ヒルの瀟洒なその家にはろくに目もくれず、与えられた寝室のベッドに這うようにしてもぐりこんだものだった。あらゆる人から、自分自身からも、ひたすら逃げたかった。

　祖父母の家はルイーズにとって安息の地だった。両親から与えられなかったものを、祖父母は惜しみなく与えてくれた。ほかのみんなは恥ずべき娘として彼女を拒絶した。恥。誇り高いシチリア人にとって非常に恐ろしい言葉だった。ルイーズの恥の傷跡がいまだずきずきとうずきだす。できるものならここには来たくなかったけれど、祖父母にはそれだけ恩があった。

　自分が家名に塗った泥をすすぎ、彼らの遺灰の埋葬を認めてもらうためにどのような償いが必要か、いろいろ考えてはきたけれど、まさかこの男と顔をあわせ、自分の罪について語らされるはめになるとは思ってもみなかった。正直なところ、シーザーも自分には会いたくないはずだと思っていた。どうやら彼の傲慢さを過小評価していたらしい。

「知ってのとおり、きみの頼みを聞きいれられるかどうか、ぼくの一存では決められない。長老たちが――」

「彼らはあなたの意向に従うでしょう。そんなことは百も承知のはずだわ。すべての権限はあなたが握っているんだから。だけど、祖父母の願いを踏みにじるのはあまりに不当よ。わたしがおかした罪を祖父母に償わせるなんて——」

「それがこの社会のやりかたなんだ。誰かが道にはずれたことをしたら、その家族全員が報いを受ける。きみもわかっているだろう」

「そんな考えかたが正しいと思っているの？」ルイーズは蔑むように言った。「そうね、あなたはむろん正しいと思っているのよね」

「ここらのシチリア人は何世紀も前から古い慣習や掟（おきて）に従って生きてきた。もちろん、そういったものには瑕疵（かし）もあるから改革したいと思っているが、急にやろうとすれば世代間の衝突や不信を招いてしまう」

　認めたくはないけれど、それは確かにそのとおりだ、とルイーズは思った。だがプロのカウンセラーとしての彼女は、過去の亡霊を永久に葬り去って未来の贈り物に手を伸ばすことの重要性を、ここの人たちにも早く理解してほしかった。亡き祖父母も、彼女がシーザーとそうした議論をすることを望んでいたはずだ。

「祖父母はロンドンのシチリア人社会にずいぶん貢献したわ。一時は故郷に残してきた親兄弟のために送金していたし、ロンドンに移住してきた同郷人を雇って生活の面倒をみてあげたりもした。教会や慈善事業にも惜しみなく寄付をしたわ。そうしたことを考えれば、敬意を払われて当然だと思うけど」

　ルイーズの祖父母への思いはシーザーにも疑いようがなかった。そのとき携帯電話の控えめなアラーム音がして、次の予定を思い出させた。ルイーズとの面談がこれほど長くかかるとは思わなかったが、まだ言うべきことが残っている。どうしても尋ねなければならない質問が。

「もう行かなくては。次の約束があるんだ。だが話はまだ終わってない。また連絡する」シーザーはそう言ってきびすを返した。

つまり不安な気持ちのまま待たせるつもりだ、とルイーズは思った。さすがは冷酷さと傲慢さを脈々と受け継いできただけのことはある。

二メートルほど歩いたところでシーザーはふりかえった。木もれ日が浮きあがらせる彫りの深い顔は、彼の先祖である危険な戦士を思わせた。古代ローマ人とムーア人の血がその顔だちにはっきりときざみこまれた戦士を。

「きみの息子も」彼は言った。「きみの息子もシチリアに連れてきたのか?」

2

頭の上の空がいきなり落ちてきたらこんな感じだろうか? いや、こういう質問は覚悟しておくべきだった。

「ええ」ルイーズはふくれあがる怒りと不安のあまり、そのひとことしか言えなかった。といって不安になる理由があるわけではない。自分が九歳の息子を持つシングルマザーであることは秘密でもなんでもなかった。

「だが、ここには連れてこなかったんだね? 果たしてそれは賢明だったのだろうか? まだ九歳の子どもだ。監督責任のある親なら――」

「監督責任のある親として、この場に連れてくるよりは、ホテルが開催する子ども向けのテニス教室に参加させたほうがより安全で楽しいだろうと判断したのよ。息子のオリバーは祖父をすごく慕っていたから、亡くしてしまったのがつらくて仕方がないの。ここまで連れてきても、オリーのためにはならないわ」

たとえ来るように息子を説得できたとしても。

無念さに心は震えているが、それをシーザーに気取られてはならない。オリーとは一年半ほど前から関係がおかしくなって、父親がいない現実をなじられている。オリーは学校でも父親のいる同級生と喧嘩をするなど問題を起こしていて、母子のあいだには深い溝ができている。

愛する息子をいまの苦悩から救いだすためなら、ルイーズはどんなことだってしてやりたかった。自分の仕事には誇りを持っているけれど、学業に戻って資格をとり、ここまでキャリアを積んでこられたのはひとえに息子がいたからだ。オリバーに不自由な思いをさせたくない一心で、夜遅くまでがんばって勉強し、働いてきた。だが、いまのオリーがなによりもほしがっているのは、ルイーズには与えてやれないものだった。つまり父親だった。

祖父が生きているあいだは、彼が同じ男としてオリーをささえ、父親のように愛情をもって導いてくれたけれど、それでもオリーは実の父親のことをなにも教えてくれないルイーズに怒りをぶつけるようになっていた。

頭のよい、成績もいい息子で、ルイーズは高い学費を払って名門の私立学校に通わせている。だが、さまざまな事情から父親と離れて暮らす生徒はほかにもたくさんいるけれど、彼らはオリバーと違って父親となんらかの交流を持っているようだった。祖父は父親についてなにも知らせないのが悪影響をもたらしているのではないかと心配していたが、息子にほんとうのことはとても話せないというルイーズの気持ちも理解してくれていた。それに、適当な作り話でごまかしたくはない気持ちも。

オリバーを幸せにするためならなんだってするつもりでも、彼の父親のことだけは話せない。少なくともいまはまだ——母親を駆りたてた悪魔の誘惑をオリーが理解し、わたしの行いを許せる年になるまでは。わたしの過ちのせいで彼には父親が与えられなかったかもしれないけれど、その同じ過ちのおかげで、それに中絶をすすめる両親からわたしをかばって味方してくれた祖父母のおかげで、オリーはこの世に生を受けたのだ。それだけでも充分価値ある贈り物ではないだろうか？

「きみとはまだ話しあうべきことがありそうだ。明日の午前十一時、ホテルの喫茶室で会おう」

ルイーズの都合を尋ねもしないのは当然というべきだろう。この男にはなにも期待してはいけないのだ。冷酷さや高すぎるプライドとともに、傲慢さが彼のトレードマークなのだから。尊大な権力者のファルコナリ公も、彼が見くだしているほかの人々と同じく傷つきやすい生身の人間だと、誰かが思い知らせてやればいいのに。

ルイーズは教会の墓地から、彼を乗せた黒く輝くリムジンが走り去るのを見送ったが、スモークのかかった窓ガラスの向こうにはなにも見えなかった。といって、べつにシーザーを見たかったわけではない。シーザーとはかかわりたくもないのだが、やむをえずかかわっているだけだ。

シーザーはホテルのテニスコートを通る庭園内の小道を歩きながら、ホテル主催の子どもテニス教室に参加している少年のひとりを観察していた。

ルイーズ・アンダーソンの息子だ。その年齢にしては背が高く、筋肉も発達しているが、髪や肌の色は母親ゆずりではない。だが、オリーブ色の肌に黒い髪は、シチリア人の血を引いているのならば驚くに値しない。テニスの腕はよく、集中力もあった。

シーザーは腕時計に目をやり、歩調を速めた。ホテルの喫茶室に行くのに回り道してテニスコートを通ったのだが、ルイーズとの待ちあわせに遅刻したくはなかった。いつものように、彼女のことを思っただけで罪悪感と悔恨がずしりと心にのしかかってきた。

ルイーズが腕時計を見ると、もう十一時だった。息子のオリバーは今日もテニス教室への参加をすすめると、飛びあがって喜んだ。参加費用は今回の旅費の予備費から出すのだが、あまり贅沢はできないと来る前に言い含めておいた。後ろめたさに彼女の胸がちくりと痛む。ほんとうはオリーといっしょに過ごして関係の修復に努めるべきだった。もしわたしと同じ立場の相談者がいたら、わたしはそうアドバイスするはずだ。だけど子育ては両親だけでなくほかの家族も巻きこんだほうが楽なのに、わたしとオリーにはもうほかに家族はいない。

ルイーズは喫茶室のソファーに腰かけて目をとじた。祖父母が、とくに祖父が恋しかった。自分でさえあの祖父の優しさ、頼もしさがこれほど恋しいのだから、オリーの寂しさはどれほどだろうかと思う。

もうオリーのまわりには彼を愛し、導いてくれる男はひとりもいなくなってしまったのだ。

目をあけると、シーザー・ファルコナリがこちらに歩いてくるのが見えた。昨日よりもカジュアルな装いだが、淡い黄色の麻のジャケットに黒いTシャツで、薄い色のチノパンツをはいた姿はいかにもイタリア人らしい。こういう格好をここまでセクシーに見せられるのはイタリア男だけだろう。女という女が彼に視線を吸いよせられてしまうのも無理はな手が止まった。わたしは魅力など感じないけれど。

嘘つき……と、頭の中で嘲る声がした。昨日は突然防御の鎧をはぎとられ、無防備にも体がおのれの欲望に負けてしまったかのような恥ずべき感覚にとらわれたくせに。あんなふうに熱い欲望をかきたてられるなんてあってはならないことなのだから、自分をなだめるためには気づかないふりをするしかない。どうせなんの意味もない。でも、なぜか体が……。ああ、だめ。もう堂々めぐりの問いを繰りかえしてはいけない。いまは目の前のことに集中しなければ。

ルイーズはこの喫茶室でもう十分近くも放置されていたのに、シーザーが隣に腰かけたとたんウェイトレスが奇跡のように現れた。彼の注文はもちろんエスプレッソ、ルイーズはカフェラテを頼む。

「きみの息子は今朝もテニス教室に参加しているんだな」

「どうしてそれを？」警戒する理由などないのに、ルイーズは不安にかられて尋ねた。

「たまたまテニスコートの前を通ったら、ちょうど教室が始まったところだった」

「それじゃ、この話しあいが短時間で終われば、わたしも息子がプレーしているところを見られるわね」

さっさと切りあげたがっていることを知られてもなにも問題はない。シーザーはこのシチリアを睥睨する領主かもしれないが、だからといってひれ伏すつもりはなかった。

ウェイトレスがコーヒーを持ってきたが、シーザーにはやけにうやうやしく、お辞儀さえしかねない態度でエスプレッソを出した。

「埋葬の件だが……その前に、もうひとつ話しあわなければならないことがある」

もうひとつ？　ルイーズはカップに伸ばしかけた

手をとめた。頭の中で警報が鳴りだし、心臓が激しく鼓動をきざみはじめた。

「きみがやってくる少し前に、お祖父(じい)さんが亡くなったあとのことだが、彼から死後に投函(とうかん)するよう指示されていたという手紙を、彼の弁護士が送ってきた」

「祖父があなたに手紙を？」

喉が干あがり、息がとまった。

「そうだ。お祖父さんはひ孫のことをずいぶん心配していたようだ。きみに任せられないと判断して、ぼくに手紙を書いたんだ」

ルイーズは動揺を悟られないようにそっと息をついた。確かに祖父はオリーが母親に怒りや不満をぶつけるようになったことを心配していた。シチリア人社会にはルイーズの不名誉とされるあの事件を知っている者も多いのだから、オリーの耳に入る日もそう遠くはないはずだと警告もしていた。子どもはときに、故意であろうとなかろうと残酷になるものだし、オリーは父親を知らないためにただでさえ学校で疎外感を抱いている。だが祖父にもわかっていたように、ルイーズにはどうすることもできないのだ。

ルイーズの気持ちを理解し、受け入れていたはずの祖父が、死に直面した最後の数週間で彼女が忌み嫌うシチリア人社会の生きかたに逆戻りしていたとは大きな衝撃だった。恩ある大事な祖父でも、ルイーズは怒りを抑えきれなかった。

「たとえオリーのためだと思ったにせよ、祖父にそんなことをする権利はなかったのに」険しい口調で言う。「なにか問題が起きるたびにいちいち総領(パトローネ)の判断をあおぐようなシチリア人社会を、わたしがどう思っていたか、祖父はよく知っていたのに」

「もうたくさん(バスタ)だ。いいかげんにしてくれ！　お祖父さんが手紙をよこしたのはぼくがパトローネだからじゃない。オリバーの父親がぼくだからだそうだ」

皮膚をはぎとられたような強烈な痛みに襲われ、恥辱をせきとめていた水門が開いて一気に感情があふれだした。ルイーズは堕落した女の烙印を押され、世間に恥をさらされた十八歳のころに一瞬のうちに引きもどされていた。

父の怒りと拒絶がないまぜになった冷たい瞳や、メリンダの勝ち誇ったようにほくそ笑んだ顔が目にうかぶ。祖父は顔面が蒼白になり、祖母は膝の上で握りしめた手をぶるぶる震わせていた。村で人気のカフェバーに集まる人々は、祖父の村の村長がルイーズをふしだらなおこないで家族に恥をかかせた女となじるのを誰一人聞き逃しはしなかっただろう。

ルイーズはシーザーがかばってくれはしないかと思わず彼にすがろうとしたが、彼はすでに背を向け、立ち去ったあとだった。父と同様、愛もささえも与えずに彼女をひとり残して。

自分の愚かさに対する罰は、あれだけではまだ足りなかったというの？

過去の記憶に彼女はつい身をすくめた。シーザーに拒絶されることにはいまだに過敏になってしまう。そんなことはありえないのに。そうだ、そんなはずはないのだ。これはただ古傷に触れられて体が反応してしまっただけ。いまは過去をふりかえるのではなく、現在と向きあわなければ。

シーザーがいらだっていることは、彼の口からイタリア語が飛びだしたことやその声のとげとげしさでわかったけれど、ほかに心配すべきことが山ほどあるのだから構ってはいられない。オリバーはわたしの息子、わたしのもの。シーザーとはなんの関係もないし、これからも手出しは無用に願いたい。たとえ彼がオリーの父親だとしても。

シーザーはルイーズが必死で感情を抑えようとす

るさまを見ながら、自分も身をかたくしていた。こんなことなら、何度も練習したようなよどみない口調で祖父の言うとおりだとまくしたててくれたほうがまだよかったと思う。これは彼をわが子の父親と主張したがっている態度ではない。

ルイーズは心の中で震えながら自問した。お祖父ちゃんたら、なぜそんな手紙を書いたの？　どうしてわたしを裏切ったの？　衝撃と悲しみと怒りと不安――そのすべてが彼女をさいなんでいた。だが、その一方で、祖父がこんな行動に走った理由もわからないではなかった。

あの夜のことはいまでも鮮明に覚えている。両親から中絶するよう命じられ、打ちひしがれて祖母の腕の中で泣いた夜、ルイーズはそれまで胸に秘めていた事実をとうとう祖父母に打ちあけた。村長は彼女が誰の子を身ごもっても不思議ではないような言いかたをしたけれど、おなかの子どもの父親はただひとり、祖父母の故郷のシチリアに広大な土地と資産を持つ、ファルコナリ公ことシーザー・ファルコナリ公爵以外にありえないのだと。

祖父母はこの秘密を決して他言しないと約束してくれた。もっとも他言しても信じる者などいないと彼らもわかっていたのだろう。まして当のシーザーが……。いいえ、もうやめよう。そんなことを考えてはいけない。過去の傷は新たに再生した肌の下に埋もれさせておくに限る。それに、いまはオリバーのことを第一に考えなくてはならない。

ルイーズは顔をあげ、シーザーを正面からひたと見すえた。「あの子はわたしの息子、わたしだけの息子だわ」

この答えを恐れていたのだ、とシーザーは気がついた。かたく口を結んでポケットに手を入れ、ルイーズの祖父からの手紙をとりだしてテーブルに放る。同封されていた数枚の写真が封筒から飛びだした。

その写真が目に入ったとたん、ルイーズははっと息をのんだ。

写真の中の彼女はいまとはまったくの別人に見えた。あの夏、両親の離婚を機に、新たな家族の関係を築くためと称して、みんなでこのシチリアに旅行したのだった。ルイーズの実母はパームスプリングズで〝お友だち〟と夏休みを過ごしていたが、メリンダの提案で、彼女とその娘たち、父とルイーズと祖父母の七人で、祖父母の生まれ故郷を訪ねることになったのだ。

メリンダのもくろみは最初からはっきりしていた。彼女たち母子が父にたいせつにされているのに比べ、ルイーズは父にとってどうでもいい存在だということを強調したかったのだ。ルイーズは愚かにもメリンダの思う壺にはまり、彼女が知る唯一の手段で――不良っぽいふるまいで、父の気を引こうとした。いま写真を見ると、身の縮む思いがする。ルイーズはメリンダのセクシーな装いをまねるだけでなく、さらにその上をいこうとしてしまった。メリンダのつややかなダークブラウンの髪を超えたくて真っ黒に染め、服はメリンダのぴったりした白いジャージのミニドレスに対抗して、短すぎるぴちぴちの黒いジャージのワンピースを着た。そしてメリンダがおしゃれなミュールを履いていたので、ルイーズはピンヒールで決めた。十五のとき反抗的な気分であけた舌のピアスは、いまではもうふさがっているけれど、当時はまだピアスをつけており、目のまわりはアイシャドーで真っ黒で、こってりと厚化粧をしている。

見たところはいかにも挑発に満ちた十八歳だが、ルイーズは写真の少女のまなざしに胸をつかれた。露骨な性的メッセージの向こうに傷つきやすさが透けて見えるのは、決してこれが自分自身だからというだけではない。彼女と同じほど経験を積んだプロのカウンセラーなら、誰だって見抜くだろう。それに愛情豊かな父親なら。

シチリア滞在中ずっと挑発的な格好をしていたのだから、お手軽なセックスの相手を求める村じゅうの若者がルイーズたちの泊まる貸し別荘の近辺をうろついたのは当然のなりゆきだったかもしれない。もちろん祖父母はもっときちんとした格好をするよう言ったけれど、ルイーズは当然のように無視した。そんな服装をしていても、彼女は年齢のわりにずいぶん幼かった。女子だけの学校に入れられ、仲間意識の強い同級生のグループになんとか受け入れられたいと必死だったのだ。外見を変えたのは父親の気を引き、心にかけてもらうためだった。だが、父は関心を払わず、メリンダや彼女の幼い娘たちばかりを構った。

ほんとうになんて愚かだったのだろう。しかも、ただ愚かだったというだけではない。

「いまとは別人のようだ」シーザーは彼女が写真に見入るのを見て、皮肉るように言った。死を前にした男が彼の子どもを産んだと主張している、その若い娘のせいで、シーザー自身の記憶も揺さぶられていた。「知らなかったら、きみとはわからないだろうな」

「まだ十八だったし、それに――」

「男の気を引きたかった。そう、覚えている」

ルイーズの顔が赤らんだ。「父の気を引きたかったのよ」ひややかに言う。

こんなふうに胸をえぐるのは、彼女のまなざしなのか、それともぼく自身の記憶か？　当時のシーザーは二十二歳で、父から受け継いだありとあらゆるものを完全に掌握し、それまで指導してくれた相談役から解放されたばかりだった。それゆえに彼が、人々の望む古い伝統と昔ながらの生活様式を守ってくれる、パトローネたりうるかどうかと注目する視線を強く意識していたころでもあった。

その一方で、いかなる変化にも拒絶反応を示す村の長老たちの中で、なんとか穏便に近代化を進められないか模索してもいた。ルイーズたちが滞在していた一番大きな村のリーダーはとりわけ頑固で、女はどんなときでも男や家族に尽くすべきだという考えに当時もまだ固執していた。その村長のアルド・バラドはほかの村のリーダーたちからの人望も厚く、シーザーが目的を果たそうと思うのなら慎重に、ある程度の譲歩もしながら、注意深く進める必要があった。

近代化を求める若い世代の声が高まっているのは大きな助けになっているが、いまもアルド・バラドは頑として古い慣習にしがみついている。

あの夏、アルドはルイーズの一家が到着して三日とたたないうちに城（カステッロ）を訪れ、彼女が若者、とくに若い男たちに悪影響を及ぼしていると訴えた。わけても彼のひとり息子は彼が決めた縁談の相手と婚約中にもかかわらず、人目もはばからずにルイーズを追いかけまわしているという。

彼らの慣習を踏みにじるその娘をなんとかしてくれと請われたシーザーは、仕方なくルイーズの家族を訪ね、身分を明かした――彼女の態度を観察し、必要とあらば父親と話をするために。

だがルイーズをひと目見た瞬間、自分の立場や役目も忘れ、なぜ村の若者たちが彼女に惹（ひ）かれるのか、せつなくなるほどはっきりと理解したのだった。派手な髪型や服装でも、彼女の持って生まれた美しさは隠しきれていなかった。その目や肌、そしてそのふっくらした唇は、まるで彼を……。

シーザーは自分の反応にショックを受け、自分の反応を制御できないことにそれ以上のショックを受けた。両親の死を知らされた六歳のあの日から、当惑や恐ろしいほどの孤独感から自分を守るすべは身につけてきた。勇敢であれ、と言われつづけてきたのだ。強くなければならない、と。ファルコナリの人間として人々の先頭に立つことが彼の運命であり、義務なのだ。その義務と家名と歴史を第一に考えなければならない。ひとりの傷つきやすい人間である前に、常に公爵(ドゥーカ)でなければならない。

アルド・バラドがルイーズのことを訴えにきたあと、むろん彼はやるべきことをしようとした。わざわざ彼女の父親に会いにいき、長老の懸念を伝えた。だが、今回ルイーズの祖父からの手紙を読んで気づいたのは、彼はアルド・バラドやルイーズの父親、そして後妻の話は聞いたのに、ルイーズ本人の話は聞こうとしなかったことだった。彼は表面上しか見ていなかった。見るべきものを見ていなかった。

いま、ルイーズが父親に冷たくあしらわれていたことを知り、シーザーは自分にもその責任があるのではないかと自問せずにはいられなくなって、再び写真に目を落とした。

あのときは彼女にかきたてられた感情を恐れるあまり、いまなら見えることも見えてはいなかった。写真の少女の目ににじむ悲しみの色を。見たくなかったから、見えなかったのだ。

「それじゃ、ぼくと関係を持てば、父親の気を引けると思ったわけか？」彼は皮肉った。

確かに皮肉られても仕方がない。ルイーズがとった行動は父との距離を縮めるどころか、ますます広げてしまった。アルド・バラドとメリンダの両方から娘を非難され、もともと感情のからむ問題が苦手の父は、彼らといっしょになってルイーズを責めた。

いまにシーザーが現れてわたしを擁護してくれる。そう期待していたわたしはなんて世間知らずだったのだろう。きみを愛している、もう誰にも傷つけさせはしないと言ってくれることを期待していたなんて。そこにシーザーがいないというだけで、彼が自分をどう思っているかは――いいえ、どうとも思っていないことは、明らかだったのに。あの村長がシーザーの指示でここに来たのだと、父に宣言する前から。

おとなの分別と専門家の知識を得たいまになってふりかえると、自制心をかなぐり捨ててわたしを抱いた彼のあの行為は、わたしが考えたような愛と未来を分かちあう祝祭ではなく、わたしへの不本意な欲望に防御を破られてしまっただけなのだと、よくわかる。終わったあと、わたしは彼の腕の中で喜びと希望に満たされていたけれど、彼のほうはその行為にはなんの意味もないと自分に言い聞かせていたのだ。

でも、彼自身の動機に関して彼が自分をごまかすのは勝手だけれど、わたしは自分の動機を偽るつもりはない。

ルイーズは顔をあげ、勇気を奮い起こして耳に痛い真実を聞かせてやった。「わたしがあなたとベッドをともにしたのは、祖父母の故郷の村長に公然と侮辱されるためではなかったのよ。その間あなたはよそでのうのうとしていたのよね。父は〝自分がシーザーのような男にとって欲望のはけ口以上の存在になれると考えるなど、愚かにもほどがある〟と激怒したわ。おまえは一族の恥さらしだと。かわいそうに、祖父母はじっと耐えていた。噂はあっという間に村じゅうに広がり、石こそぶつけられなかったものの、好奇の目を向けられ、陰口をたたかれた。それもすべてわたしが、わたしたちは愛しあっているなどと思いこんでしまったからよ」

ルイーズはそこで息をつき、封印してきた苦しみを吐きだした解放感を味わっていた。

「だからといって、あなたに拒絶されたのを残念に思っているわけではないのよ。むしろ拒絶してくれてよかったと思ってる。だって遅かれ早かれわたしを捨てたことには変わりなかったでしょうから。先祖がファルコナリ家の農奴でしかなかった男の孫娘なんて、ドゥーカにはつりあわない。あなたにかわって憎まれ役を引きうけたアルド・バラドは祖父にそう言うと、一家そろってただちに村から出ていくよう言ったわ」

「ルイーズ……」シーザーの胸は押しよせる感情につぶされそうに痛んだ。だが、あのとき同様、この感情に屈するわけにはいかなかった。この肩には多くのことがかかっている。よくも悪くも、何世紀にもわたる伝統を無視することはできなかった。

　謝罪して釈明するぐらいはできるけれど、それをしてどうなるというのだ？　ルイーズがぼくだけでなく、ぼくにまつわるすべてのものに敵愾心を燃やしていることは、彼女の祖父も手紙の中で警告していた。ルイーズにしてみれば、ぼくたちはすでに敵同士なのだ。ぼくがなにを言おうと彼女の敵意をあおるだけだ。

　手紙によれば、あのときの行為の結果、ぼくたちの子どもが――息子が、生まれたという。避妊具を使ったのだからそんなはずはないのだが、しかしもしほんとうにぼくの子どもだったら……。

　心臓の重苦しい鼓動が、自分自身にすら認めるわけにはいかないことを暴露していた。

　ルイーズは過去の愚行を弁明するつもりで言った。

「いいことをしても無視されるけれど、悪いことをすれば注目を浴びるような環境で育ったら、子どもは好んで悪いことをするようになるものだわ。肝心なのは、その結果ほしいものを得ることなんだから」

　それにシーザーの愛も？　あのときは彼の愛もほしかったのではないの？　いいえ、当時のわたしは未熟すぎて、ほんとうの愛がわかっていなかったのよ、とルイーズはその考えを払いのけた。

彼女の言葉を聞いて、やはりプロのカウンセラーだとシーザーは思った。

「それは個人的な経験から来る発言かな？」

「そうよ」ルイーズは言った。過去について言い訳するつもりはなかった――誰に対しても。祖父母の愛と許しはかけがえのない贈り物であり、そこから多くのものを学んだ。二人を亡くしたことはオリバーにとって大きな損失となるに違いない。

「だから家族の問題を扱う専門家になったんだね？」

「ええ」これについては否定する理由などなにもない。「わたし自身のさまざまな経験が、この分野で働きたいと思ったきっかけになったのよ」

「しかし、息子との問題はうまく扱えていない、とお祖父さんは思っていた」

いまさら悔やんでも遅いけれど、祖父の懸念をもっと積極的に解消してやればよかったと思う。祖父の話にもっと耳を傾ければよかった。祖父はオリーを心配していたけれど、オリーにはファルコナリから受け継いだとしか思えない独特の気質があり――とくに顕著なのがプライドの高さだ――父親がいないことが彼のプライドを傷つけているのだとルイーズは思っている。

「オリバーは父親のことが気になっているの」彼女はしぶしぶ認めた。「でも、わたしはあの子が事情を理解できる年になってから話すつもりなのよ」

「事情とは……」

「あなたも知っているはずだわ。結局アルド・バラドが世間に向けて声高に発表したようなものだから。わたしは家族旅行でシチリアにやってきて、あなたとベッドをともにした。祖父母の村の村長によれば、わたしは彼の息子を追いかけて誘惑したそうよ。父とメリンダによれば、わたしは体めあての男の子たちと遊びまわり、そのうえあなたに迫って自ら恥辱を招き、家族にも恥をかかせた。確かにわたしはあなたと関係を持つことで恥辱を招いたわ。父にふりむいてほしくて、この土地の一番の有力者と寝ればそれがかなうと思ってしまったのよ」

シーザーを激しく求めたもうひとつの理由については、口にする気はない。あの初めて知った甘美でせつない胸のうずきは、思いかえすのも耐えられないくらいだ。

長いあいだ父に愛されることばかり切望してきたから、シーザーに対して突如感じた衝動が、ルイーズにとっては生まれて初めて経験する危険で強烈な性的欲望だった。

実はその欲望と同じほど、それをはねのけたいという反射的な気持ちも強かった。父の愛というゴールにたどり着くまでは、いかなる邪魔も入ってほしくなかった。だが、シチリアの地でシーザーと何日も、何週間も過ごすうちになにかが変わり、彼に愛される未来を夢見るようになっていた。

世間知らずで無防備で、ほかのものはなにひとつ見えていなかった。村長の息子からのアプローチは、うっとうしく迷惑なものとしてずっとかわしつづけていたのだが、それが彼の復讐心に火をつけるほどプライドを傷つけていたことには気づかなかった。復讐はルイーズのほうから誘惑してきたのだという嘘の形でおこなわれ、村長もルイーズの家族も、それにシーザーまでもが、その嘘をすんなり信じてしまった。

心理学の専門家として、シーザーが彼の文化に縛られているのは充分理解できる。ルイーズはまだ運がよかった。あの抑圧された閉鎖社会から逃れられたのだから。いまでは自分の足で立っている。でも実際は、息子を通じていまなお過去に縛られているのではないだろうか？　昔のルイーズのように、オリーも父親の愛を、ぬくもりを、痛切に求めている。

友だちや同僚は、オリバーのよき手本になってくれそうな男性と愛や信頼を基盤とした関係を築けるよう、外に関心を向けろと言うけれど、ルイーズはもう誰も愛する気になれなかった。愛して傷つくのが怖いのだ。シーザーにはすべてを捧げたのに、結局拒絶された。いまでは欲望に流されることを考えただけで恐怖にとらわれてしまう。与えすぎて捨てられる危険をおかすよりは、もう誰ともかかわらないほうがいい。

「あの晩、ぼくは避妊具を使った」

彼はかつてわたしをはねつけたように、今度は自分の子どもをはねつけようとしている。でも、構うものですか。わたしにも、オリーにも、この男は必要ない――お祖父ちゃんはそう思っていなかったとしても。ルイーズの心臓が重く打った。お祖父ちゃんさえ生きていてくれたら。いまもオリーの成長を見守り、導いてくれていたら。シーザーとの出会いさえなかったら。彼とベッドに行きさえしなかったら。

そしてオリーを授からなければよかった？　いいえ、まさか。

「あなたをオリバーの父親だと言っているのはわたしじゃなくて祖父よ」彼女は指摘した。

「だが彼も、そう言うからにはそれなりの――」

「祖父の手紙は無視してちょうだい。わが子かどうかを疑うような父親なんて、オリバーには必要ないし、わたしもあなたにいかなる要求もするつもりはないんだから。わたしがあなたに求めるのはただひとつ、祖父母の遺灰をサンタマリア教会の墓地に埋葬するのを許可してほしいだけよ」

「しかし、きみは彼がぼくの息子だと信じているんだろう？」

責任などとらなくていいと言っているのに、なぜそんなことをきくの？

「オリーの父親については、あの子以外の人と話す気はないわ――それもあの子がきちんと受けとめられる年になってから」

「それよりＤＮＡ鑑定をするほうがずっと簡単だ」

「なんのために？　ああ、きくまでもないわね。オリーのためではなく、あなたのためなのよね。自分の子じゃないことをはっきりさせたいのよね」

「ぼくがはっきりさせたいのは、もし自分の子だった場合――たとえその可能性がどんなに低くても、その子に父親に捨てられたなどと思わせるつもりはないってことだ」

ルイーズは茫然とした。本心からの言葉だとわかるだけに、なおさら衝撃が大きい。

全身を走りぬけた凍りつくような寒さは、怒りでなく恐怖のせいだった。

「あなたを安心させるために息子にＤＮＡ鑑定を受けさせるなんてお断りよ。精神的にも、金銭的にも、父親としての責任をとらせる気はないって言ってるんだから、それでいいでしょう？　オリバーはわたしの息子なのよ」

「だが彼の曾祖父によれば、ぼくの息子でもある。もしそれが事実なら、父親の責任は果たすつもりだ。いずれにせよ、この段階でオリバーを動揺させる必要はない。ＤＮＡ鑑定はいたって簡単だから、彼は鑑定がおこなわれることさえ気づかないだろう。口の中を綿棒でこするだけのことだ」

「断るわ」ルイーズはパニック状態の一歩手前で答えた。

「きみはお祖父さん夫婦の願いをかなえてやることが自分にとって非常に重要なのだと言ったが、ぼくにとってはきみの息子が自分の子かどうかを確かめることが、同じくらい重要なんだ」

シーザーはそこで言葉をとめたが、ルイーズは彼の言わんとしていることを正確に理解した。

「それでは脅迫だわ」非難の意をこめて言う。「我を通すために脅迫という手段を使うような人間に、わたしがわが子の父親になってほしがると思う？」

「彼がぼくの息子なら、ぼくには知る権利がある。きみのお祖父さんは彼に父親が必要だと考えて、ぼくに手紙をよこしたんだ。はっきりとそう書いてあった。金や地位のためではなく、オリバーのためを思っての行為だ。子どもには自分の親が誰なのかを知る権利がある。きみは息子からそれを奪うつもりなのか？」

「奪う？　母親が侮辱され、世間のさらしものにされても平然としていられるような男が父親だと知ることが、そんなに大事な権利なの？　ＤＮＡ鑑定で親子関係が否定されるのを望んでいるような父親なのに？　恐れ多くも認知してくださるだけの父親なのに？　たとえあなたに認知する気があったとしても、オリバーは自分がほかの子より〝劣った〟子どもだと再認識させられるだけだわ。ここだけでなくロンドンにも婚外子を見くだす人は必ずいるのよ。だけど、わたしは自分の罪を息子に償わせる気は毛頭ないわ」

「きみの判断は妥当性を欠いている。この件はオリバーがぼくの子だと判明したら、そのときに改めて話しあおう。とりあえずいまは親子鑑定で確かめるのが先決だ」

彼は本気だ。どんな手を使ってでも鑑定に必要なサンプルを入手する気だ。そう感じたルイーズは不安におののいた。だったらオリバーを動揺させるような手段に訴えられるよりは、おとなしく応じたほうがいいかもしれない。

彼女は不承不承言った。「オリーのサンプルを提供する条件として、鑑定結果を勝手にあの子に……いいえ、どういう名目であろうと、わたしの許可なくひとりであの子に近づかないと約束してもらいたいわ」

息子を守ろうとしているのだ、とシーザーは思った。「わかった、約束する」彼としても、どのような形であれ、オリバーを傷つけるようなことはしたくない。これ以上異議を唱えさせまいと、彼はすかさず言葉をついだ。「それじゃ検査キットを送らせるから、サンプルを採取したら返送してくれ。結果が出しだい――」

「そんな手間をかけないで、祖父の手紙のことは忘れてしまったほうが簡単なんじゃないの？」ルイーズは最後にもう一度だけ言ってみた。情けないことに声がかすかに震えている。

「それは不可能だ」シーザーは答えた。

3

「だからビリーがぼくに勝てたのは、観戦していたビリーのお父さんがそばにいて、アドバイスしてあげてたからなんだよ」

ルイーズがテニス教室をしているコートに迎えにいったときだけでなく、二人で早めの夕食をとっているいまも、オリバーはそうぼやいていた。

ルイーズは気落ちしている息子を抱いて慰めたい衝動を抑え――オリーはもう人前で抱きしめられるのをいやがる年齢だった――DNA鑑定用のサンプルを採取するのに使った口実を、後ろめたい気持ちで思いかえした。声がちょっと変だから、息子がときどきかかる咽喉炎にまたなったのではないかチェックしたい、と説明したのだ。

採取したサンプルは袋に入れ、シーザーがよこした運転手に手渡した。彼のように富も権力もある男なら、鑑定を急がせるぐらいわけはないに違いない。むろんルイーズにはすでに結果がわかっている。シーザーがオリバーの父親なのだ。疑問の余地はない。だが、シーザーにその事実を知らせたいと思ったことはただの一度もなかった。

愛する祖父に裏切られたような気持ちはぬぐいきれないけれど、彼の行動が純粋にオリバーのためを思ってのことだというのは疑いようがない。祖父はそういう時代に育った男――父親は子どものことに責任を持つべきだと信じる世代の男なのだ。

だけどわたしは、鑑定によって親子関係が証明されても、あなたにはなにも要求しない、オリバーにもいっさいかかわらなくていい、とはっきり伝えるつもりだ。それにシーザーにもすでにほのめかしたとおり、オリバーにシーザーの嫡出子のスペア役を務めさせるのは断固拒否する。

と、そこまで考えてルイーズは顔をしかめた。シーザーの立場を考えると、彼がまだ結婚もせず子どももいないのは不思議な気がする。跡継ぎは絶対に必要なはずだ。彼の称号や財産は千年以上も絶えることなく父から息子へと受け継がれてきた。あの傲岸不遜なシーザーが自分の代でその伝統をとだえさせるわけはない。でも、わたしには関係のないことだ。わたしが気になっているのはオリバーのことだけ。

シーザーと別れて喫茶室を出たあと、ルイーズがオリバーを昼食に連れだすためテニスコートまで迎えにいくと、ちょうど試合が終わったところだった。わが子がなんとか対戦相手の父親の気を引き、ほめてもらおうとしているのを見て、ルイーズは胸が締めつけられる思いがした。オリバーの姿に昔の自分が重なり、彼の気持ちが痛いほどわかった。

ビリーの父親が自分の息子といっしょに去ってしまうと、ルイーズはわが子に駆けよって彼が求めるほめ言葉を浴びせてやりたくなった。だが、オリバーは母親ではなく自分と同じ男に認められたいのだ。

明日はウォーターパークに連れていってあげよう、とルイーズは思った。わたしはあの子をほったらかして、埋葬の件にばかり時間をとられていたから――いくらそれがシチリアに来た目的だったとはいえ。

ホテルにはほかにもシングルの親と子がいるはずなのに、いまのところ一組も見かけていない。子ども向けの施設が充実しているとの理由で選んだホテルは、両親そろった幸せそうな家族連れでいっぱいだった。

オリバーがゲーム機に手を伸ばすと、ルイーズは小さくため息をついて、首をふってみせた。「食事中はだめよ、オリー。約束でしょう?」

「みんな遊んでるじゃないか。ビリーなんかお父さんがいっしょになってプレーしてる」

ルイーズは頭を寄せあって小さなスクリーンをのぞきこんでいる親子に目をやり、また吐息をもらした。

先祖が戦功のほうびとして与えられた土地を守るために建てた城（カステッロ）は、何世紀にもわたって修繕と増築を繰りかえした末にいまの壮麗な建造物になったのだが、そのカステッロの中で、シーザーは長い回廊に飾られている先祖代々の肖像画を見ていた。初代ファルコナリ公から千四百年間、代々爵位を受け継いできた男たちだけでなく、彼らの妻や子どもたち――正装した跡継ぎや次男たちも描かれ、不朽の名声を誇っている。

これまで息子を――跡取りとなる嫡出子を持てな

かったファルコナリ公は、ひとりもいない。シーザーの父も息子をもうけるために、人生の後半でローマから遠縁の女性を迎えて再婚した。そして生まれたのがシーザーだ。両親は彼が六歳のときに船の事故で亡くなったが、結婚して次のファルコナリ公を残すことの重要性は、彼もごく幼いころから叩きこまれていた。

〝それが人々と家名に対するわたしたちの義務なんだ〟父は常々そう言っていた。

シーザーはいま三十一歳だ。自分がその義務を果たしていないことが長老や村長たちの心配の種になっているのはわかっている。ルイーズと関係を持ったあと、自分の性的な欲求に嫌悪感を持つようになってしまったことは誰も知らない。ルイーズを抱いたときのように自制心を失ってしまうのが怖くて、あれから長いこと自分自身に禁欲生活をしいた。やがて意を決してもう一度自分の自制心を試してみたときには、また別種の衝撃を受けるはめになった。

どれほどきれいで肉感的な相手でも、自分自身を見失うようなことはまったくなかったのだ。自制心は完全に回復していた。これは喜ぶべきことだった。われを忘れ、ほかの人間とひとつにとけあって二度と離れられなくなりそうなあの感覚は、もう味わいたくなかったはずなのだ。だがあの感覚から自由になった半面、セックスは味気なくむなしい快楽にすぎなくなり、自分自身の奥深いところにとじこめた痛いほどの欲求は癒やされないままだった。

ルイーズがそばにいるだけでよけい激しくなるこの痛み……。

いままで結婚しなかったのもルイーズのせいだ。なぜなら……。

なぜならなんだ？　ルイーズほどぼくの心を揺さぶり、欲望をかきたてる女はいないからか？

シーザーは最後の肖像画――成人したときに描か

れた彼自身の肖像画の前で足をとめた。このとき彼は二十一歳だった。この六年あまり、予期せぬ残酷な運命のいたずらのおかげで自分はファルコナリ家最後の直系男子となる定めなのだと、現実を受けとめてきた。ルイーズの祖父から、彼女の息子の父親は自分だと知らされるまでは。

心臓の重苦しい鼓動とともに、圧倒的な感情の波がシーザーを襲った。彼にとって血を分けた子どもとは、無条件で愛さずにはいられない自分の分身だ。実の娘を拒絶し傷つけたルイーズの父親の気持ちは、シーザーには永久に理解できないだろう。ルイーズの父親はシーザーが思い描く父親像とはかけ離れている。オリバーが自分の子と立証されても、ああいう父親には絶対ならない自信がある。それに、オリバーは自分の子であってほしかった。義務感をはるかに超えた切実さで、本心からそう思う。例の手紙を読んだ瞬間から激しい感情の嵐にもまれ、ルイーズには避妊などと言ったものの、あの晩二人が分かちあった狂おしい情熱がともかくも生命をもたらしたのだと自分の魂が主張していた。

だが、ルイーズはぼくを息子にかかわらせまいとしている。

ルイーズ。

彼女と初めて二人だけで会った午後のことが、いまも鮮明によみがえってくる。村からカステッロへと続く埃（ほこり）っぽい道をひとりで歩いていた彼女は、帽子もかぶらず、女らしい体の線をあらわにするぴったりしすぎた服を着ていたが、その目の輝きは警戒心と知性を感じさせた。古いしきたりやそのしきたりを押しつける人々に全身で挑んでいるかのように、広場で瓶のビールを直接飲んだり、大声で笑いながら踊ったり、それまでにも村の若者たちに親に逆らってみろとけしかけているかのような言動が目撃されていた。

シーザーは彼女の澄んだ目に値踏みするようにまっすぐ見つめられ、その大胆さを愉快に思うと同時に興味を引かれた。あんなふうに目をのぞきこんでくる者など、とりわけ村の女たちの中にはひとりもいなかった。

どこに行くのか尋ねると、ルイーズは黒く染めた髪をひと振りして、行くべき場所などどこにもない、早くロンドンに帰りたい、と答えた。そこでロンドンにいたらなにをしていたかときいたところ、驚いたことに秋の新学期から大学で美術を学びはじめるので国立肖像画美術館に行きたいと言う。

この段階で彼女が自分にどういう影響を与えるかはわかっていた。二十二歳の男の肉体は正直で、彼女がほしいとシーザーに告げていた。だが、深入りするわけにはいかない。ロンドンっ子のルイーズも、このシチリアにいるあいだは彼の責任下にある共同体の一員なのだ。だが、それでもシーザーは、カステッロに来て肖像画を見ないかとルイーズを誘っていた。

うっすら頬を染めた彼女があまりに可憐(かれん)で愛らしく、思わず守ってやりたいと思ったのを覚えている。

「なにも心配いらないよ」彼は言った。「ぼくが請けあう」

「公爵(ドゥーカ)の言葉は庶民の言うことよりずっと重みがあるってことかしら?」ルイーズは嘲るように切りかえして彼の意表をついた。

自分が主導権を握っているかのようなその生意気さに挑発され、シーザーは世間の許容範囲を超えない程度に性的な意味あいを含んだ冗談で応酬した。ルイーズも同じように言いかえし、二人はカステッロへと歩きながら剣をまじえる戦士のように舌戦を続けた。

肖像画が並んだ回廊に案内すると、ルイーズはそれらが巨匠の手になるものであることを即座に見抜き、そのうえシーザーが自身の肖像画をルシアン・フロイドに描かせたセンスを賞賛した。彼がこんなに過激な画家を選ぶとは思わなかった、と。

「村長のアルド・バラドは気に入らないでしょうけどね」ルイーズは挑むように言ったが、それはまったくそのとおりだった。

「彼は善良な男だ」シーザーは彼をかばった。「ぼくは彼の助言と見識を高く評価している」

「時代錯誤のしきたりでみんなを——とくに女性を、がんじがらめにしたがるところとか？　そういうところも高く評価しているのかしら？」

「彼のプライドを傷つけたくはないが、改革すべきことはしたいし、するつもりだよ」

なぜ彼女にあれほどすんなりと胸の内を明かせたのか、いまでも信じられない思いがする。あの若さでも、ルイーズからは人間の本質を理解し思いやれるだけの洞察力が感じられたのだ。それが正しかったことは彼女のいまの職業が証明している。

ルイーズとベッドをともにしたのは最初から避けられない運命だったのだ。同様に、彼女がぼくの子どもを身ごもることも不可避の運命だったのだろうか？

眠れないのは単に時間が早いせいだわ、と自分に言い聞かせながら、ルイーズはオリバーと泊まっているツインの部屋のバルコニーにたたずんだ。オリバーはすでにぐっすり眠っている。

ホテルの庭は木々やプールのまわりの照明で明るくきらめいていた。どこかで音楽が流れている。バルコニーからは腕を組んで散歩するカップルの姿が見えた。カップル。ルイーズがその片割れになることは、金輪際ありえない。愛に飢えて追いつめられた若いころの自分に逆戻りし、同じ過ちを繰りかえすのが恐ろしいからだ。だが、男を遠ざけてきた一番の理由はオリバーのためだ。へたに男性とつきあって、結果的に息子を失望させたり傷つけたりするようなことがあってはならない。

バルコニーの下を通ったティーンエイジャーのグループは、前回シチリアに来たときの自分を思い出させた。公衆の面前で手ひどい罰を受けた少女。つらすぎる記憶に全身がこわばる。傷口の上に厚い皮膚を再生させたくても、いつまでも消えない痛みもあるのだ。

滞在予定もなかばを過ぎたころだった。父はルイーズの外見や態度を恥じて、三日前から口をきいてくれなくなっていた。

もちろんメリンダはしたり顔でルイーズの悪いところに父の注意を向けさせ、彼女に比べて自分の娘たちがいかにかわいらしく、行儀がいいかを意識させた。そのかわいい娘たちは自信にあふれ、父に向かってアイスクリームをねだるときにも臆する様子がなかった。

父の愛情をめぐるメリンダとの闘いに勝ち目がないことは、心の奥底ではわかっていた――あの日シーザーとばったり顔をあわせるまでは。あのときルイーズがひとりで歩いていたのは、しつこく言い寄るアルド・バラドの息子のピエトロから逃げてきたためだった。ルイーズはピエトロをその気にさせるようなことはなにひとつした覚えがなかった。初めのうちは確かに地元の若者たちにちやほやされるのを楽しんでいた。窮屈な生活をしいられている村の女の子たちよりずっとおとなで、世慣れているような気になれたからだ。それに、バーで男たちといっしょにビールを飲んだりしてこの地の不文律にそむいてしまったのは事実だった。だが、ピエトロが言うような誘惑的な態度をとったことはただの一度もない。

あの日シーザーと会い、彼に誘われるままカステッロについていったことで、ルイーズの人生はがらりと変わってしまった。もっとも最初はこんなに変わるとは思っていなかった。祖父がシーザーについて語るのを耳にし、彼が人々から尊敬され、畏怖されているのを知っていたから、彼と親しくなればメリンダを出し抜けると思ったのだ。十八歳のうぶなルイーズにそれ以上の意図はまったくなかった。シーザーが自分に興味を示してくれれば、それで充分だった。

だが、シーザーと過ごすほうが父に認められるよりもずっと大事だと気づいたときには、もう引きかえせなくなっていた。彼に恋してしまったのだ。彼が村に来るときには、必ずその場にいあわせるようにした。たとえそのためにバーに足しげく出入りして、ピエトロのアプローチを受けるはめになったとしても。彼女はおまえからドゥーカに乗りかえたのだと仲間にからかわれてピエトロが怒るのも構わず、ルイーズはシーザーのひとことひとことに反応した。

「おまえはばかだ」ピエトロは吐き捨てるように言った。「彼がおまえなんかに本気で興味を持つわけはないだろう？　ドゥーカなんだぞ」

そんなことは言われなくともわかっていたが、その言葉にむっとし、彼女はピエトロが間違っていることを証明してやろうと決心した。偶然の出会いを演出するためにカステッロの近くをうろついたり、シーザーが彼の部屋だと教えてくれた窓を見あげたりした。会えたときには二人で散歩し、会話を楽しんだ。そのひとときはルイーズにとってこのうえなく貴重なものだった。シーザーはほかの人のように彼女をばかにはしなかった。

多感な娘がおとぎ話みたいな状況を思い描くようになるまでは、あっという間だった。シーザーがわたしを愛し、公爵夫人の座に迎えてくれたら、父も見直してくれるかもしれないと。だが残念なことに、シーザーは二人で会っても関係を深めようとはしなかった。ルイーズからの無言の誘いにものらず、それでいて休暇も終わりに近づいたある暑い日の午後、村のバーで彼女がピエトロといっしょにいるのを見たときには、嫉妬ゆえとしか思えないほど激怒した。

「きみは自分の評判を自分で落としているんだ」ルイーズが嫉妬だと指摘すると、シーザーはそう反駁した。「きみのためを思って言っているんだ」

「ピエトロはどうなの？」ルイーズは挑戦的な口調で言った。「彼の評判は落ちないわけ？」

「男と女は違うんだ。少なくともこの土地では」

「そんなのおかしいわ。不公平よ」父への不満が頭をよぎり、彼女はますます感情的になった。

彼らの慣習の不公平さを憤るよりも、シーザーの警告をもっと冷静に受けとめるべきだった、といまにして思う。いまさら悔やんでも遅いけれど。

現実を見ようともせず、愚かにもシーザーの態度を自分に都合よく解釈してしまった。彼もわたしを熱烈に愛している。そう確信したルイーズは、無邪気というか滑稽というべきか、身分の壁など関係ない、肝心なのは二人の気持ちだと決めつけた。シーザーのほうは彼も同じ気持ちだと思わせるそぶりなど、まったく見せなかったのに。

オリバーを宿したのは、仕事で何日か村を離れていたシーザーが帰ってきた、と耳にした日のことだった。ルイーズは彼に会いたくて、いても立ってもいられなくなった。二人は結ばれる運命なのだ――わたしにはわかる。ロミオとジュリエットのように、わたしたちは分かちがたい絆で結ばれているのだ。帰ってきたならきっと顔を見せにきてくれる。

だが、期待に反してシーザーは村に来なかったので、その晩ルイーズは頭痛を訴えて寝ると見せかけ、別荘を抜けだすとカステッロにおもむいた。あいていた勝手口から忍びこんでシーザーの部屋まで行くと、彼はパソコンに向かって作業しており、ルイーズに気づいたとたん表情を凍りつかせた。

　椅子から立ちあがり、彼はかたい声で問いつめた。

「なんのつもりだ、ルイーズ？　なぜここにいる？」

　愛情あふれる恋人のせりふではなかったが、のぼせあがったルイーズは歯牙にもかけなかった。シーザーはわたしを愛し、求めている。こんなふうに自らリードして、二人の関係を互いが望んでいる方向へ前進させようとする自分がおとなっぽく感じられて誇らしかった。

「来ずにはいられなかったのよ」彼女は言った。

「あなたといたい。あなたがほしいの」ドアを閉めると彼に近づきながら、顔を見つめたままジャケットを脱ぎ捨てる。ロンドンで見た映画で、女優がヒーローに近づきながら一枚一枚脱いでいくのをまねたのだ。

　下着姿になるのに長い時間はかからなかった。デニムのジャケットの下にシンプルなコットンのワンピースを着てきただけだし、ご自慢のドクター・マーチンのブーツも、すぐに脱げるようスリッポンのフラットシューズに履きかえていた。

　ブラのホックをはずそうと背中に両手をまわし、彼女はふいに動きをとめてかすれた声で言った。

「あなたがはずして、シーザー」そして彼の胸へと身を投げかけた。

　思ったとおりシーザーはぱっと抱きとめてくれた。彼の腕の中は安心できて、しかもスリリングだった。安心とスリル――その二つは相反するものだ。だが、二人の体は互いのために作られたかのようにしっくりとなじみあった。きっとひとつになったときにもしっくりなじみあうように。

　ルイーズは無我夢中で彼の顎にキスをした。不慣れでぎこちないキスだが、ひげが伸びかかってざらつく肌の感触が彼女をしびれさせた。男らしく、自分とは異質の危険な感触なのに、すごく安心できる。なぜなら彼はわたしのもの、わたしを愛しているから。

その確信に勇気を得て、彼女は言った。「キスして、シーザー。さあ、早く」彼の腕にしがみつき、顔を上に向ける。

シーザーは彼女を押しかえして言った。「だめだよ、ルイーズ。こんなことをしてはだめだ」

そんな言葉は聞きたくなかった。もう聞ける状態でもなかった。同級生から男の子といっしょにいて興奮させられた話は聞いたことがあったけれど、ルイーズにとってはこれが初めての経験だった。

彼女は再びキスをしたが、シーザーが首にまわされた手をふりほどこうとした拍子に二人してベッドに倒れこみ、その感触に気がついた――彼の欲情の証に。

思わず身震いし、離れようとするシーザーに、彼女はますます体を密着させた。「よせ、だめだ」

ルイーズは外の暗がりをじっと見つめた。あのときの自分の行動を思い出すと吐き気がしてくる。おとなになったいまは、強引に迫られた男の中である種の連鎖反応が起きて、怒りが欲望に変わることもあるのだと理解できるけれど、その欲望は相手に対する愛情とはまったく別ものなのだ。

シーザーはルイーズの手首をつかみ、体で彼女を押さえこんだ。彼の親指は激しく脈打っているところをとらえていた。その指のあたたかさに火をつけられ、体の中で制御しようのない欲望が狂おしく渦を巻いた。その瞬間、なぜ自分がここにいるのかも忘れ、それまでいた世界から別世界へとルイーズは飛び移っていた。堰を切ったように、愛している、あなたがほしいと繰りかえし、彼の顔や首にキスの雨を降らせた。

その記憶をよみがえらせたとたん体に震えが走っ

たのは、単に夜風が冷たいせい……ただそれだけだ。ルイーズはあのかぐわしい夜の記憶から逃れて室内に戻りたくなった。部屋の中は安全だ。オリーのスニーカーのにおいが現実に引きもどしてくれるだろうし、静けさを打ち破るのは欲望にかられた二人の激しい息遣いではなく、息子の子どもらしい寝息だけだろう。だが、ルイーズを過去につなぎとめている記憶は解き放たれたが最後、もう押しとどめることなどできなくなっていた。あの運命の夜の出来事は否定しようがない。なにしろオリバーこそ、シーザーと結ばれたという生きた証拠なのだから。

シーザーの部屋の窓からは星空を背景に山々のシルエットが見えていて、ルイーズの体内を駆けめぐる熱い血はエトナ火山から流れだす溶岩のように危険だった。

力強く入ってきたシーザーを、ルイーズは初めてだったにもかかわらず違和感なく受け入れ、貪るような彼のキスで初めて本物のキスを知った。あの晩のセックスは抗いがたい神秘の魔力を持っていた。シーザーのにおいのする暗い部屋で、ルイーズはおとなの女になり、全身で無上の喜びに酔いしれた。

あのとき感じた喜びはシーザーに欲情させられた満足感にすぎないと、自分をごまかそうとしても無駄だった。この体は真実を知っているのだから。あの喜びは自分自身の中からわきあがったものだった。胸毛におおわれた筋肉質の胸とこすれあって、つんと立った胸の先端から、体の芯を豊かにうるおした熱い泉にいたるまで、わたしは切実に彼を求め、彼にも求められたかったのだから。

抑えがきかなくなっていたのはワインを飲んでいたせいではない。あの晩シーザーとひとつになりたかった欲望の根源には、太古の昔から女の体に植えつけられている本能があった。部族でもっとも強く、もっともいい遺伝子を持った男と交わりたいという本能が。

もちろんあのときはそんな分析などできず、ただシーザーに抱かれれば究極の夢がかない、自分が愛されるに値する人間であると証明できると思っただけ。

手をとられ、力強く脈打つ彼自身に導かれても、ルイーズはためらいはしなかった。

体を目覚めさせる鮮烈な記憶に、いま心臓が激しくとどろきだす。あのときの感覚がそっくり再現されるなんてありえない。意識の奥底に葬り去ったはずなのだから。シチリアのせいだ。シチリアと、この体に流れるシチリア人の血が過去をよみがえらせている。それに、祖父がシーザーにあの重大な秘密を暴露していたという現実が。

ルイーズは頭を切りかえようとしたが、あの晩おいなるものに操られて制御不能となった体と同様に、思いどおりにはいかなかった。

シーザーに触れたときの胸の高鳴りはいまでもはっきり覚えている。その激しい鼓動は彼自身が脈打つリズムと間もなく重なり、ルイーズの動きともぴったり同調した。シーザーの指に触れられたときにはもうすっかりうるおっていて、その巧みな愛撫(あいぶ)に思わず目を見開き、体を弓なりにそらしていた。

なんてうぶだったのだろう。自分の体のこともまだほんとうにはわかっておらず、これほど熱い喜びにのみこまれるとは想像もしていなかった。ただシーザーの名を叫び、彼の体にしがみつきながら、初めて知る歓喜の波になすすべもなくさらわれていった。

その余韻もおさまらないうちにシーザーが入ってきて動きだすと、また新たな衝撃がルイーズを襲った。

今度のオーガズムはさらに強烈で、彼女はシーザーの背中に思わず爪を立てていた。それにこたえるようにシーザーはいっそう深く体を沈めてきて、ルイーズは彼を放すまいとするようにしっかりとしがみついたのを覚えている。忘れられるわけがない。激しい行為に消耗しきった彼女は、シーザーの腕の中で彼への愛をかみしめた。そして愚かなことに、シーザーも自分を愛しているからこそ抱いていてくれるのだと信じた。けれど、朝までこうしているわけにはいかない。この体験は二人だけのたいせつな宝物なのだから、自分が外泊したのを知られて他人に不用意に介入してほしくはなかった。二人の関係については、シーザーの口から家族に――とくに父に、宣言してもらいたかった。彼が家族の前で自分の肩を抱き、彼女を愛していると堂々と告げる場面が目にうかんだ。

「帰らなくちゃ」ルイーズは小声でささやいた。

「そうだな」シーザーは言った。「もう帰ったほうがいい」

その前にいっしょにシャワーを浴びないかと誘ってもらえなかったことに落胆したとしても、その気持ちは外には出さなかった。彼と恋人同士になったからには、そんな親密な行為を分かちあう機会はこれからいくらでもあるのだから。

シーザーは通りまで送ってくれた――だが、それはいっしょにいたかったからではないのだとルイーズは顔をしかめた。彼はただわたしがちゃんとカステッロから出るのを確かめたかっただけだ。

カステッロから別荘までの短い道のりを歩きながら、ルイーズは次にシーザーに会うことばかり考えていた。父以外の人のことで頭がいっぱいになったのは生まれて初めてだった。自分が誰かにとってかけがえのない存在だと感じることができたのも初めてだった。ようやく夢がかなったのだ。シーザーはわたしを愛している。今夜それが証明された。

だが、ことは期待どおりにはいかなかった。

翌日も、その翌日も、シーザーは姿を見せなかった。連絡すらなかった。所用でローマに行っており、一カ月は帰らないと知ったのは数日後のことだった。

ルイーズはすぐには理解できなかった。自分に会いもせずに黙っていなくなるなんて、なにかの間違いだと思った。彼は父に会って二人の関係を公にしたかったはずだ。少なくともわたしに手紙か伝言は残していったはず。

不信と不安にいたたまれなくなり、彼女は滞在を延長しようと家族を説得した。そうしてシーザーの気持ちを世にもひどい屈辱的なやりかたで知らされるはめになった。

祖父は滞在期間をのばすことに賛成し、貸し別荘のオーナーにかけあいに行った。だがオーナーが返事を持ってくる前に、アルド・バラドが突然別荘に乗りこんできて、滞在の延長は認められない、ルイーズのような恥ずべき娘がいる一家はすぐに村から出ていってほしいと宣告した。

「この村だけでなくシチリアじゅうを探しても、娘にあんなことをさせておく父親なんかいない」バラドは父に向かって腹立たしげに言った。「あんたの娘はわれわれの顔に泥を塗ったが、一番恥をかかされたのは父親のあんただ。あんたが親としての責任を放棄したから、娘が村の若者たちに身を投げだすようなまねをするんだ。おおかた引っかかった男に結婚を迫るつもりだったんだろうが」

それからルイーズに向き直り、冷たい目でにらみつけながら続けた。

「幸い誘惑された連中はわたしに相談してきて、助言を求めた。だからもうこの娘の相手をする男などひとりもいないし、今後はあんたたち一家をこの社会の一員とは認めないからそのつもりで」

ルイーズはどういうことかのみこめず、足早に立ち去りかけたバラドを追いかけると、袖をつかんで引きとめた。バラドはまるで汚れたものに触れられたかのようにふりほどいたが、ルイーズは構わず言った。「そんなことはシーザーが許さないわ。彼はわたしを愛しているのよ」

「ドゥーカはいまローマで、おまえが村を出ていくまでお帰りにはならない。ばかなことをしでかしたと打ちあけられて、わたしが助言したんだよ。ドゥーカがおまえを愛しているって？　ああいう高貴で責任あるかたはもとより、まともな男がおまえのような女を本気で愛すると思っているのか？」

「わたしたちのこと……彼に聞いたの？」衝撃のあまり、それしか言葉が出てこなかった。

「もちろん聞いたとも」

そう言ってバラドが去ってしまうと、ルイーズは家族のところに戻るしかなかった。怒りのおさまらない父は、タイル敷きのテラスを行ったり来たりしながら感情を爆発させていた。そしてルイーズを見ると、おまえはまたしても自分の娘にあるまじきことをしたとなじった。

「おまえにつぎこんだ金や時間を思うと、そのお返しがこれかと情けなくなる。たかが山羊(やぎ)飼いの男にあんな説教を聞かされるとはな。大学の同僚の耳にでも入ったらいい笑いものだ。おまえのせいでな」

「だから言ったでしょう、ダーリン。あなたは甘やかしすぎだって」メリンダが慰めるような作り笑いをうかべて言った。「ほんとうにあなたはものわかりがよすぎたのよ。何度もそう言ったでしょう？」

だが、一番傷ついたのは祖父母の目にあふれる悲しみの色だった。

ここには二度と来たくなかったけれど、この地に埋葬してもらうことが彼らの悲願だったのだ。でも、まさか祖父が臨終の床でシーザーに手紙を書き、オリバーの存在を伝えるなんて思ってもみなかった。

あたたかな晩なのに、ルイーズは寒さから身を守るように自分の体を抱きしめた。だが、この寒さは外ではなく内側から来る寒さだった。いまだにシーザーに支配されているのを感じて背筋を駆けぬけた、ぞっとするような冷気だった。

再び心が過去に引きもどされていく。村長が帰り、父が言いたいことを言いつくしたあとは、父もメリンダも顔を見るのもいやだといわんばかりに口をきいてくれなくなった。だが、祖父母は態度を変えなかった。彼らが傷つき、苦しんでいたのは明らかだったが。むろんルイーズ自身も傷ついていた。自分が空想の世界で遊んでいたことをいやというほど思い知らされた。父に話をしようとしたけれど、父は聞こうとせず、おまえのことなどもう知らんと言い捨てた。

空港までの道中はまるで悪夢だった。車が村を抜けるときには広場にいた人たちは顔をそむけ、石を投げつけてきた若者たちさえいた。父はルイーズに怒りを燃やしたが、それ以上に祖父の目ににじんだ涙が彼女の胸を締めつけた。

でも、わたしはもう十八歳の娘ではない、とルイーズは自分に言い聞かせる。いまでは二十八歳になろうとするおとなだし、専門分野では資格を持ったプロとして、自分よりもっとつらい経験をして精神的に追いつめられた人たちの相談にのっている。悲しい過去を背負っているのは自分だけではないのだ。みんながそれぞれ過去を背負っている。

わたしがいま一番考えなければならないのはオリバーのことだ。確かにいまもわたしは過去にとらわれているかもしれないけれど、だからといって自分の苦しみにいつまでもしがみついている必要はない。愚かな夢を抱いても、その報いは受けたし、トラウマも経験した。それに比べてシーザーは人々から敬われ大事にされる立場上、虚飾をはぎとられて自分の欠点を白日のもとにさらされた経験など一度もないだろう。人から侮辱されたことも、高慢の鼻をへし折られたことも、冷酷だと非難されたこともないに違いない。専門家の立場から見れば、それは彼にとってマイナスだ。彼はわたしを拒絶しながら、いまでは自分がわたしの息子の父親だと主張したがっている。考えるだけでぞっとする。シーザーはわたしを傷つけたけれど、オリバーを傷つけることだけは絶対に許さない。

祖父母の遺灰の埋葬にシーザーの許可が必要だというのは痛恨のきわみだが、過去のことがあるからといってあきらめるつもりはない。祖父母の恩に報いなければならないのだ。だけど、その代償がオリバーのDNA鑑定だとしたら……？　いいえ、その場合にも、息子のために闘う覚悟はある。息子のため、それにわたし自身の魂のために。

4

自分の称号と島における地位が多くの門戸を開いてくれる。ホテルの子どもクラブの責任者に、テニス教室を終えたばかりのオリバーのコートへと案内してもらいながら、シーザーはそう実感した。責任者には、毎年夏休みを過ごしにくる親戚の子が今年もじきにやってくるので、その子をテニス教室に参加させようかと思っている、と説明した。これはあながち嘘(うそ)ではない。十代の息子にすることをあてがうのはなかなかたいへんだ、と従姉(いとこ)が言っていたのだ。

オリバーはコンピューターゲームに集中しており、画面にシーザーの影が落ちると、ぱっと顔をあげた。

この少年の肌や髪の色はシチリア人特有のものというだけでなく、オリーブ色の肌と、豊かな黒っぽい巻き毛は、ファルコナリ一族に特有のものだとシーザーは気づいた。オリバーは近づいてきた見知らぬ男に、警戒心のまじったとまどいの目を向けている。

シーザーのジャケットのポケットにおさまっているＤＮＡ鑑定の報告書は、オリバーが間違いなく彼の息子であることを証明していた。いまオリバーを前にしたシーザーは、父子の絆を思いのほか強く感じて虚をつかれる思いがした。まるでほんとうにオリバーと太い絆で結びつけられているような気がする。いますぐ駆けよってこの手に抱きしめ、息子のぬくもりを感じたい。

オリバーをわが子と確認できたらファルコナリ公としての自分にとって大きな収穫になることはわかっていたけれど、胸にあふれるこの気持ちは想像以上に深くて原始的だった。

だが、ありがたいことにオリバーと同じ年ごろの子が親戚にいるおかげで、子どもの扱いかたはある程度心得ていたので、シーザーは感情を抑えて単にこう話しかけた。「テニスがうまいね」

「ぼくがプレーするのを見てたの？」

オリバーの目から警戒心が消え去り、かわりに喜びの色がうかんだ。それは彼の曾祖父が手紙に書いてきた問題を、どんな言葉よりも雄弁に示していた。

あの子には父親が必要です。ルイーズはよき母親ではありますが――あの子を愛し、よく守ってはいますが、あの子の父親との不幸な過去をいまだに引きずっていて、それがオリバーにも暗い影を落としているのです。オリバーの人生には父親の存在が、純粋な愛が必要です。かつてのルイーズの苦悩がいまオリバーをとらえているのです。

あなたは彼の父親です。あなたならきっと父親としての義務を果たしてくれるでしょう。

金の問題ではありません。ルイーズはいい職についているし、あなたからの経済的援助はいっさい受けつけないでしょう。

これまでの印象からすると、ルイーズは経済的援助に限らず、自分からはなにも受けとらないのではないかとシーザーは思った。

十年前、ローマから帰ってきて彼女がいなくなっているのを知ったとき、シーザーはほっとしたものだった。少なくともほっとしたと自分に言い聞かせた。たとえ村長に諫言されたことで二十二歳のプライドがまだうずいていたとしても。寝室のドアがノックされたときには、とっさにルイーズが戻ってきたと思って喜んだ。それがよけい後ろめたく、ルイーズに対する反応を制御しきれない自分自身への狼狽とあいまって、彼女が城から出るところを見たという村長の話を聞かずにはいられなかった。村長はなにがあったか察知して、もし先祖代々受け継がれてきた地位にふさわしい人間であろうとするならば、もうルイーズといっさいかかわってはいけないと言った。

「それは無理だ」シーザーは答えた。「彼女たち一家がここに滞在しているんだ。彼らもわれわれの共同体の一員だ。歓迎しないわけにはいかない」

ルイーズのことも？　ルイーズにも歓迎されているると思わせたいのか――ぼくのベッドで？　それにぼくの心でも？　シーザーは彼女に目覚めさせられた欲望とこの社会の慣習のはざまで板ばさみになった。だが、ルイーズへの欲望は抑えこみ、否定しなければならない。両親を亡くしたときの悲しみや衝撃を表に出さないよう抑えこみ、否定したように。

自分の感情にふりまわされるのはファルコナリ家の

人間らしくない。だから彼は感情をコントロールする力が永久に損なわれてしまったような不安を払いのけるために、しばらくシチリアを離れることにしたのだ。

しかし、卑怯者みたいに逃げだすことがファルコナリ家の人間らしい行動だったのだろうか？　いや、そんなことを考えてなんになる？　なんにもなりはしない。ローマでルイーズを恋しがって何週間も眠れぬ夜を過ごしたことを思い出しても、なんにもならないように。ただルイーズが彼の理性に及ぼした力を再確認させられるだけだ。その後許しを求めて彼女に手紙を書いたけれど、返事は来なかった。そのころには彼の子を身ごもっていることがわかっていたはずなのに。

シーザーはオリバーの目をのぞきこんだ。自分の目と同じ色、同じ形の目を。心臓が猛烈な勢いで打ちはじめる。

「シチリアは気に入ったかい？」

「うん、ロンドンよりあったかくてずっといいや。寒いのは嫌いなんだ。ぼくのひいお祖父ちゃんとひいお祖母ちゃんはシチリア人だったんだよ。その二人の遺灰をここに埋めるため、ママといっしょに来たんだ」

シーザーはうなずいた。

別の少年がラケットを持った手を揺らしながら、父親とおぼしき男に伴われてこちらにやってきた。

「やあ、オリバー」男はほほえんだ。「きみのパパも来たんだね」

シーザーはオリバーが父親ではないと否定するのを待ったが、オリバーはほとんど本能のようにすっとシーザーに寄りそい、シーザーも相手の男がわが子にしているようにオリバーの肩に腕をまわした。

Tシャツごしに感じるオリバーの骨格は細くて華奢でいとおしかった。子どもが、息子がいるというのはこういうことだったのかと思う。オリバーを迎えにきたルイーズは、二人に気づくと、怒りと不安に胸の鼓動も歩調も速まり、オリバーに駆けよってシーザーからもぎ離そうと手を伸ばした。

オリバーとシーザーは同時にふりむき、ルイーズは二人の顔だちにぬぐいがたくきざみつけられている親子の証を見て内心衝撃を受けた。さらに悪いことに、彼女が二人を引き離そうとしていると気づいたオリバーは、反射的にいっそうシーザーに身を寄せた。

シーザーはまだオリバーの肩に手をかけていたが、いまはもう一方の手を、息子の腕をつかんだルイーズの手に重ねてきた。とたんに彼女の全身に危険なおののきが走りぬけた。シーザーに触れられただけでこうも過敏に反応してしまうなんて、自分が動揺しているのはオリバーのためなのか自分自身のせいなのかわからなくなってしまう。いま脈が速くなっているのは、母親として心配しているからばかりではない。別の理由もあるからだ。まったく別の、不本意な、自分でも薄々わかっている理由が。

いきなり空を引き裂く稲妻のように、まばゆい閃光が隠されていた暗部を直撃し、封印していた鍵を壊して記憶を解き放った。十年前もわたしはシーザーにこういう気持ちにさせられたでしょう？　考えただけで恐怖と自己嫌悪に身震いしてしまう。この体がいまなおシーザーの魅力に反応してしまうなんて。彼はわたしに恥をかかせ、屈辱を与え、侮辱した男なのに。

ルイーズはシーザーの手をふりほどこうとしたが、彼は放さず、三人で仲むつまじげな小さな輪を作るような形になってしまった。

「きみを探しにいくところだったんだ」シーザーは言った。「いろいろと話しあわなければならないことがある」

「よかったら明日もぼくがテニスするのを見においでよ」オリバーが気安くシーザーに言い、ルイーズはわが子がいともたやすく父親に心を許してしまったのを感じとって、ますます不安になった。

帰りの航空便を変更して、すぐにシチリアを発つことはできないかしら？　祖父母の遺灰は教会に預けて、埋葬の手続きはロンドンからするとか。シーザーが本心からオリバーにかかわりたがっているわけはないのだ。いまの彼には嫡出子がいなくても、結婚して次代のファルコナリ公を作るのは時間の問題だろうし。

そう自分に言い聞かせても動悸はおさまらず、シーザーの手をふりほどいてもまだ体は神経の先まで震えていた。動揺と怒りと……嫌悪感で。そう、これは嫌悪感に決まっている。ほかに考えられない。

「オリバーさえよかったら、そろそろ子ども写真教室を始めたいんですけど」写真教室の担当者である若い女性が近づいてきて言った。その言葉も笑顔もシーザーに向けられている。しかもオリバーはシーザーと別れるのが名残惜しげで、ルイーズが担当者のほうにそっと押しやると腹立たしげに母親をにらんだ。

ルイーズはそんな息子の態度が悲しかったけれど、だからといってシーザーの介入を許すつもりはなかった。

だが、そのシーザーがすかさずオリバーをたしなめた。「母親に向かってその態度はよくないな」穏やかな口調だ。

オリバーは母親に叱られたときよりもずっと不安げに、うろたえた表情を見せた。

「あなたにはオリバーにお説教する権利なんかないのよ」オリバーと担当者が声の聞こえないところまで遠ざかると、ルイーズは言った。「あの子はわたしの息子なんですからね」

「ぼくの息子でもある」シーザーは言った。「DNA鑑定の結果がそれを証明している」

ルイーズの心臓は大きく打ち、血が全身を勢いよく駆けめぐった。恐ろしいことにオリバーを宿した夜のことが次々と脳裏にフラッシュバックし、そのときの気持ちさえよみがえってきた。喜びと憧れと、そして自分が心から求められていると実感したことまでも。

それが自分自身の願望によって生みだされた錯覚にすぎなかったと知ったときの痛みが、いままた容赦なく胸を刺した。自業自得の面も多少はあるかもしれないけれど、シーザーももう少し優しくしてくれてもよかったはずだ。だが、彼はオリバーの父親であり、シチリア人の昔かたぎな祖父母に育てられたルイーズには、その事実を一蹴することはできなかった。たとえどれほど望んでも。

だからといって……。「わが子の父親が誰かをあなたに教えてもらう必要はないわ」彼女は暗い声で言った。

かよわい子猫が防御の手段として怒りのうなり声を発しているみたいだ、とシーザーは思った。もし撫(な)でてやったら、やはり子猫のように喜びに喉を鳴らすのだろうか？

そう考えたとたん体が反応し、とうの昔に封じこめたはずの感情と欲望が目覚めて衝撃波のように彼を襲った。

「ぼくたちには話しあわねばならないことがたくさんある。その場所として最適なのは、プライバシーが確保できるぼくのカステッロだ」

「オリバーが――」ルイーズが言いかけると、彼は首をふった。

「子どもクラブの責任者にもう話はつけてある。オリバーはきみが帰るまでクラブで面倒をみてくれる」

カステッロ。オリバーを身ごもったときのことがよみがえる。今度はシーザーの寝室に行くことにはならないだろうけど。もちろん行きたいわけではない。行ったために報いを受けたことを思えば。

「わたしは……」ルイーズは口を開きかけたが、どういうわけかシーザーに腕をとられ、ホテルのロビーを通りぬけて運転手つきの黒いリムジンのところに連れていかれてしまった。

ホテルからカステッロまでは車で二十分の距離だった。シーザーはこのホテルの利害にもかかわっているに違いない、とルイーズは思った。このホテルが立っている土地もどうせ彼のものなのだろうから。

車がカステッロの前の広い庭園に入っていくと、ルイーズはつい嘆声をもらしそうになった。

ファルコナリ一族が何世代にもわたって築きあげてきた富が、このカステッロに表れていた。はやぶさ(ファルコン)の紋章は正面玄関の上を飾っているだけでなく、この装飾的な凝った建造物のいたるところに取り入れられている。それが彼らの資産にきざまれた刻印なのだ。オリバーの顔に父親の顔がきざみこまれているように。

ルイーズはかすかに身震いした。オリバーの肩を抱いていたさっきのシーザーの姿や、彼を見あげるオリバーのまなざしにはなにかがあり、それがルイーズの心をうずかせていた。子どものころから癒えることのなかった傷口を。認めたくはないけれど、シーザーが子どもに無関心な父親に決してならないことは本能的にわかっている。それがシチリアの流儀なのだ。ファルコナリ公シーザーは名誉に縛られているだけでなく、そうした慣習を尊重し、守るように育てられてきたのだ。それはいったいなにを意味するのだろう?

いや、なにを意味するかは考えたくない。オリバーはわたしの子だ。わたしがひとりで産み、ひとりで育ててきた。わたしは価値ある人間として愛され、求められたい一心で、無防備にシーザーに身を投げだした。いま、形は違っていても、息子がシーザーに向けるまなざしにも同じ無防備さを感じてしまう。でも、わたしにしたように息子をはねつけて傷つけることなど絶対に許さない。

車が威圧的な大理石の階段の前でとまった。

シーザーはマナーどおりにルイーズ側のドアをあけにきて、階段へとエスコートした。だが、マナーのよさをひけらかしているからといって立派な人間だとは限らない。よき父親になれる人間だとは。ルイーズの心臓がぴくりとはねた。わたしったらどうしてこんなことを考えているの？　シーザーがオリバーの父親になんかなるわけがないわ。だが、オリーがシーザーに向けるまなざしや、別れ際に彼に近づいて哀願するように見あげた顔は、いつまでも忘れられそうになかった。

カステッロの玄関ホールは壮麗だった。壁のくぼみ（ニッチ）には彫像が飾られ、大理石が敷かれた床の真ん中にはアンティークのテーブルが置かれている。テーブルの上の花瓶に生けられた花はあたりに甘い香りを漂わせている。

「こっちだ」シーザーはそう言って両開きのドアに向かった。その向こうにはいくつも部屋が続いているのを、かつてカステッロに来たときの記憶からルイーズは知っている。どの部屋も豪華な家具や美しい装飾品で飾られ、その総額はどこかの王さま数人分の身の代金にも匹敵しそうだ。

シーザーは次々と部屋を通りぬけ、最後に噴水や鳩舎（きゅうしゃ）のある中庭に出るドアをあけた。

「ここは母の庭だったんだ」ルイーズのためにしゃれた鉄製のガーデンチェアーを引き、座るよう促す。

「お母さまはあなたが子どものころに亡くなったと

祖母に聞いた覚えがあるわ」ルイーズは思わず言った。

「そう、ぼくが六歳のときだった。父といっしょに船の事故で亡くしたんだ」

シーザーに呼ばれた様子もないのに、どこからともなくメイドが静かに姿を現した。

「なにがいい？　イギリスの紅茶かな？」

「コーヒーをいただくわ。エスプレッソを」シーザーに対抗できるように、エスプレッソで自分の気持ちを高めておきたかった。「子どものころから祖父母にエスプレッソを飲まされて、イギリスの紅茶を好きになる間もなかったの。祖父母はよくふるさとの味だと言ってたわ。香りはふるさとのエスプレッソには遠く及ばないけれどって」いま自分が強いカフェインを必要としていることは認めたくなかった。

メイドがさがり、飲み物を持ってきてまた姿を消すと、シーザーは言った。「なぜ子どもができたことを知らせなかったんだ？」

「そんなことはきくまでもないでしょう？　知らせたってあなたは信じないに決まってるからよ。わたしの評判はあの村長にずたずたにされてしまったんですもの、あなたに限らず誰も信じはしなかったでしょう」

「しかし、きみ自身は最初からぼくの子と確信していたんだな？」

「ええ」

「なぜだ？　なぜわかったんだ？」

胸がかすかに痛んだが、それをシーザーに知られるのはプライドが許さなかった。

「そんなこと、あなたには関係ないわ。オリバーがあなたに関係ないのと同様にね」

「彼はぼくの息子だ。ということは、ぼくにもおおいに関係があるんだよ。すでに言ったはずだ」

「わたしもすでに言ったはずよ。あの子をあなたの婚外子として育てるつもりは毛頭ないと。たとえこシチリアでは、あなたのような権力者なら婚外子をもうけることが認められているのだとしてもね。あなたの嫡出子が大事にされて育つのを指をくわえて眺めていなければならないような立場にあの子を置くのはお断り……」ルイーズはふいに言葉を切った。自分が感情的になっていることに気づき、ひとつ深呼吸すると冷静に先を続ける。「心の絆を結ぶ気もない親を慕いつづけることが子どもにどれほど害を及ぼすかは、わたし自身が実体験しているのよ。オリバーに同じ思いはさせないわ。あなたの嫡出子が――」

「オリバーはぼくのただひとりの子どもであり、それは今後も変わらない」

シーザーの静かな声が中庭に響きわたったかと思うと、また水を打ったような静けさが戻ってきた。だが、その静寂を打ち破る言葉をルイーズはなかなか見つけられなかった。

彼の、ただひとりの子ども？

「そんなことは断言できないはずだわ。いまはほかにいなくても、将来――」

「将来もオリバー以外の子どもは存在しない。だからこそ彼を認知し、ぼくの跡継ぎにしたいんだ」

残念ながら彼が日陰に座っているために表情はよく見えないが、しかしその声だけでいまの告白がいかに苦渋に満ちたものであるかは容易に想像がついた。それは単にプライドだけの問題ではない。そうした告白はどんな男にとっても無念きわまりないはずだ。

わたしの気持ちがぐらつきかけているのはそのせいだろうか？　彼に同情しているの？　どうして同情なんかできるの？　わたしが人間で、苦しむことを知っているからよ、とルイーズは自分自身に言い聞かせた。ただそれだけのこと。相手がシーザーでなくても同じだわ。べつにシーザーが……彼がいまでもわたしにとって特別な存在だというわけではないのよ。

「そんなこと、いまからわかるはずがないわ」彼女はもう一度言った。

「ところがわかるんだよ」シーザーはちょっと押し黙ってから注意深く言葉を選んで言った。「六年前、ぼくの慈善基金が支援している海外のあるプロジェクトのために現地入りした際、そこでおたふく風邪が大流行していたんだ。不運にも自分がかかったと気づいたときには手遅れだった。その結果は疑いようがなかった。それ以来ぼくは子どもを作れなくなってしまった。ぼくの家系に称号を継げる男はもういないから、ぼくは自分の代で血が絶えるという現実を受け入れるしかなかった」

その口調がわずかに硬いという以外、彼の胸中をうかがわせるものはなにもなかったけれど、ルイーズには痛いほどわかった。シチリアに生まれ育ち、一族の歴史を背負った傲岸不遜な男にとって、それは耐えがたい打撃だったに違いない。

「養子をとれば跡継ぎはできるわ」ルイーズは論理的に指摘した。

「養子をとって、何代にもわたってファルコナリの血を受け継いできた先祖たちを墓の下で嘆かせるのか？　それは無理だ。代々ファルコナリの男たちにとっては、ほかの男の子どもをわが子として迎えるよりも、ほかの男の妻にわが子を産ませるほうが自然だったんだよ」

「初夜権を行使してきたってことね」ルイーズは皮肉をこめて挑むように言った。

「そうとは限らない。ぼくの先祖は女性を無理にベッドに連れていく必要などなかったそうだ。逆のケースのほうがよほど多かったんだよ」

また傲慢さが顔を出した、と思いながらも、ルイイーズはシーザーのような生まれの男性が子どもを――とくに男の子を作れないという現実を受け入れるのは、とても苦痛だろうと認めないわけにはいかなかった。

彼女の気持ちを読んだように、シーザーが言った。

「ぼくの代でファルコナリ家が断絶してしまうのを受け入れなければならなかった気持ちがどんなものか、きみに想像できるかい？　もしできるなら、きみのお祖父さんからの手紙を読んだときのぼくの気持ちも想像してみてくれないか？」

「祖父が書いてきたことを信じたくはなかったでしょう？」

シーザーは荒涼とした心が透けて見えるような目で、ルイーズを見つめた。

「逆だよ。信じたくてたまらなかった」

実際もしルイーズがシチリアに来なかったら、自分のほうが彼女を探しだして会いにいっていただろう。たとえ拒絶され、あざ笑われる危険があったとしても。

「彼が間違っていることもありうるのだから、頭からうのみにするわけにはいかなかったが、ＤＮＡ鑑定の結果は決定的なものだ。たとえオリバーがあれほどファルコナリ一族の特徴を受け継いでいなかったとしても」

「祖父母はあの子のことを、あなたのお父さまの子どものころにそっくりだと言っていたわ」ルイーズは不本意ながらも言った。「彼らはシチリアに住んでいたころに、子どもだったお父さまを見ているのよ」

「これできみもぼくがオリバーをぼくの跡継ぎにしたいわけが理解できたはずだし、彼の立場がほかの子どもに脅かされる心配もないことがわかっただろう。ぼくは子どものときに両親を亡くし、親がいない寂しさは身にしみているから、必ずオリバーのよき父親になるつもりだ。彼をこのカステッロで育てて――」

「ここで?」ルイーズは大きく首をふった。「オリバーはわたしと暮らすのよ」

「ほんとうにそれがオリバーの望みなのかな?」

やはりシーザーは油断ならなかった。

「もちろんよ。わたしはあの子の母親なのよ」

「そしてぼくは彼の父親だ。DNA鑑定が証明している。ぼくには父親としての権利がある」

シーザーは彼女の動揺を察知した。ルイーズはわが子を守ろうと闘う雌ライオンのようだ、と不本意ながらも感心する。成長期にあって男の導きを必要としているオリバーとの関係がいまはぎくしゃくしているとしても、ルイーズとオリバーの両方について調べさせた結果から、彼女がいい母親であることはわかっていた。彼の記憶にある少女がいまのルイーズになるには、よほどの意志の力と芯の強さが必要だったはずだ。母親なら、子どものためにも人間の弱さ、傷つきやすさを理解していなければならない。だが、いまは彼女に対する同情など頭から追いやらなければならない。オリバーはぼくの息子であり、このシチリアで育つべきなのだ。

「あの子にここへとロンドンを行ったり来たりさせるつもりはありませんからね。そんな二重生活をしいたら、オリーはわたしたち二人のあいだで引き裂かれるような思いをすることになるわ」ルイーズは言った。

沈黙があった。

ルイーズは再び口を開いた。「オリバーを、あなたが押しつけたがっている時代錯誤の役割に縛りつけるのは絶対にお断りよ。あの子は公爵(ドゥーカ)の地位についてもファルコナリ一族の歴史についてもなにも知らないんだし」

「だったら、そろそろ学びはじめていい時期だ」

「あの子には荷が重すぎるわ。それにわたし、あの子にあなたみたいなおとなになってほしくはないのよ」

シーザーが言いかえしてこないのはなぜ？　なぜ黙っているの？　それになぜわたしはこんなにうろたえ、心配しているの？　罠にかかって、中庭の四方の壁がこの身に迫ってくるような気がしているのは、いったいなぜなの？

「それじゃ、きみも異存はないはずだな。オリバーがぼくだけでなく母親のきみからも等分の影響を受けて育つには、きみが彼といっしょにここで暮らすのが一番だということに」

シーザーはあっさりと言ったが、その口調も彼の動かしがたい決意を隠しきれてはいなかった。

「そんなことは不可能だわ。わたしはロンドンで仕事をしているのよ」

「きみのお祖父さんによると、きみの息子は父親を必要としている。きみも仕事よりは息子のほうが大事なんじゃないかな？」

「あなたがオリバーをほしがるのは、あの子が跡継ぎだからにすぎないわ」

シーザーは首をふった。

「最初にお祖父さんの手紙を読んだときには確かにそうだったかもしれないが、オリバーを見た瞬間から、そう、ＤＮＡの鑑定結果が出る前から、彼をいとおしく感じたんだ。きみには信じられないかもしれないが、なぜかはきかないでくれ。ぼく自身にも理由はわからないんだから」ルイーズから目をそらさずにはいられなかったのは、自分がひどく傷つきやすくなっているのを自覚したからだが、計画どおりに進めるためには彼女に対して正直でなくてはならない。「ぼくに言えるのは、オリバーへの愛情を実感して守ってやりたい、導いてやりたいと強く感じたとたん、その場で彼を抱きよせたいという衝動を抑えきれなくなったということだけだ」

その言葉はルイーズにオリーを産んだときの気持ちを思い出させた。望んでいなかったわが子、父親によく似た赤ん坊を見た瞬間、いまシーザーが言ったような強い愛情が胸に押しよせたのだった。

「もちろんオリバーは仕事以上に大事だわ」彼女は本心から言った。

「親から子どもに贈る最高の贈りものとは、両親がそろった家庭があるという安心感だ」シーザーはルイーズの発言には意見をはさまずに続けた。「ぼくたちもオリバーにそうした安心感を与えてやるべきだが、ここシチリアでぼくのような立場の人間がそれをするためには、きみと結婚する以外にないんだ」

5

「結婚ですって！」

その言葉を口にしただけで喉がひりつき、傷ついた心の痛みを感じるかのようだった。

「それが最善の解決策だ。オリバーだけでなく、お祖父（じい）さん夫婦や彼らの家名にとってもね」

「わたしが汚した家名にとっても、ということね」

ルイーズは腹立たしげに言いながら、なんとか落ち着こうとした。わたしがシーザーと結婚？　できるわけがないわ。考えられないし、とうてい無理だ。

だが、シーザーのほうはそうでもないらしく、こう言葉をついだ。「村の者たちはきみを、家族の顔に泥を塗った娘だと記憶している。われわれの文化ではきみの恥辱はきみだけのものではなく、きみの家族も背負っていかねばならないんだ。つまりきみのお祖父さんたちやオリバーもだ。ぼくがオリバーを嫡出子と認め、ちゃんとした相続人にすれば、彼の恥辱はすすがれるが、きみやお祖父さんたちの名誉まで挽回（ばんかい）できるわけではないから、結果的にオリバーにも累が及ぶことになる。彼にきみの汚名を思い出させようとする連中は必ず出てくるだろうし、将来それが彼の公爵（ドゥーカ）としての指導力に悪影響を及ぼすかもしれない。しかし、ぼくたちが結婚して夫婦になれば、もうそれだけできみたち全員の名誉が回復するんだ」

さまざまな感情が胸でせめぎあい、ルイーズはなにから口にしていいのかわからなかった。いまはなによりも、シーザーの不遜な申し出を一蹴できる立場に立ちたかった。そして、ほんとうに恥ずべきなのはあなたよ、世間知らずの若かったわたしが公衆の面前で非難され、侮辱されるのを平然と許したあなたこそ自分を恥じるべきよ、と言ってやりたかった。でも、そんなことを言っても意味はない。彼女自身の祖父母でさえ、そうしたシチリア人社会の価値観を支持し、不平ひとつ言わずにじっと屈辱に耐えてきたのだから。

「ぼくの妻になれば、きみは一段高いところに引きあげられて過去から解放される。お祖父さん夫婦も、もちろんオリバーもだ」シーザーは続けた。

ルイーズの心中は彼にも想像がついた。息子に対する愛情と彼女自身のプライドが激しく争っているに違いない。ふとシーザーは顔をしかめた。自分の感情が思いがけずルイーズに同調していることに気づいたのだ。自ら招いた心の傷が、いままたずきずきと痛みだした。まだルイーズに対して認める覚悟はできていないが——自分自身に対してさえなかなか認められない。だが、彼女と彼女の家族に屈辱を与えたのはほかならぬ自分であり、その罪の重荷からは一生逃れられないことはわかっている。

ルイーズが制裁を受けるのを看過してしまったのは、彼女への欲望にいともたやすく自制心を吹きとばされたことで、プライドが耐えがたいほどの打撃をこうむったせいだった。だがその後、人間の強さとは、自分自身のふがいなさ、傷つきやすさを否定するのではなく、認めるところから生まれるのだと学んだような気がする。

なぜ彼女とのあいだにあれほど強烈な、目のくらむような火花が散ったのかはいまもわからない。だが、彼はルイーズがほしくてたまらず、その欲望の強さが恥ずかしかったがために、欲望だけでなく彼女のことも否定してしまったのだ。彼女を抱いたあのあと、シーザーは城(カステッロ)にとどまることもできた。ローマでの仕事の打ちあわせは延期してもよかったのだ。しかしシーザーは延期せずにルイーズから逃げ、そうすることで貴重ななにかを壊してしまった。

この数年間、彼がどれほどルイーズのことを考え、自分の罪を悔やんだか、彼女には想像もつかないだろうが、いまさらそれを伝えるつもりはない。彼女の気持ちは、許しを乞う手紙に返事をくれなかったという事実が如実に示しているのだから。

シーザーと結婚すればルイーズは彼女と家族の名誉を挽回できるが、だからといってシーザーがずっと背負ってきた罪悪感から自由になれるわけではない。しかし彼女が拒絶したがっているのは明白だとしても、シーザーには引きさがる気はなかった。オリバーは彼の息子であり、彼の後継者としてここで正当な権利を受け継がなければならない。ルイーズに大きな犠牲を払わせようとしていることは百も承知だが、唯一の慰めは、彼女の人生に特別な男は存在していないし、これまで存在したこともないということだ。ルイーズはパートナーとなる男も恋の相手も探し求めてはいなかったのだ。

「きみはオリバーや亡くなったお祖父さんたちがいかに大事な存在かを強調してきた」シーザーは言った。「ぼくの提案に同意すれば、その気持ちに嘘がなかったことを証明できるんだ」

彼はわたしを罠にかけ、追いつめている、とルイーズは思った。もしわたしが断ったら、オリバーや祖父母のことより自分の利益を優先しているとなじるつもりだろう。でも、わたしはもう傷つきやすい十八歳ではない。シーザーにすべてのカードを握られているわけでもない。オリバーはわたしの息子だ。ホテルに戻ったらすぐに一番早い航空便を予約してロンドンに帰り、シーザーが求める条件ではなく、こちらの出す条件でオリバーの処遇を決めるべく交渉するようにしよう。

だが、彼女がそう考えることは想定していたらしく、シーザーは厳しい口調で言った。「もしオリバーを連れて出国するとか、性急にことを進めようと思っているなら、考えなおしたほうがいい。ぼくの息子はぼくの許可なしに島を出ることなどできないんだから」

ルイーズは現実が重く心にのしかかるのを感じ、みじめな気持ちになった。シーザーにはその脅しを実行に移せるだけの力がある。だが、ルイーズにもまだ一枚切り札が残っていた。

「わたしにオリバーのことを最優先しろと言うけれど、あなたは果たしてほんとうにあの子のことを考えているのかしら。あの子を自分の息子、跡継ぎとして、ここに住まわせたがっているけど、あなたが父親だと知ったらオリバーがどれほどショックを受けるかということには思いが及ばないようね。まさかいきなりあの子に知らせるわけにはいかないわよ。時間をかけて、心の準備をさせないと。それに、心の準備ができてからあなたが生物学上の父親だと知らせたとしても、そのときにはあなたみたいな父親はいらないと拒絶するかもしれないわ」

「拒絶するようきみに仕向けられてか？　確かにそれは実にシチリア人らしい復讐の仕方だ」

「わたしはそんなことはしないわ」ルイーズは憤然として声をとがらせた。「あなたの優位に立つためにあの子の気持ちを操作するようなまねを、わたしがするわけはない。オリバーはわたしにとってほんとうに大事な存在なんだから」

「だったら一刻も早く真実を知らせるべきだ。オリバーは父親のことを知りたがっている。お祖父さんの手紙がなくても、ぼくに対する態度からそれが感じられたよ。彼はぼくが父親だと知ったらきっと喜ぶ」

ルイーズは彼の傲慢さに怒りと蔑みを燃えあがらせて、息を吸いこんだ。

「彼に話すのは早ければ早いほどいい。ましてぼくときみが結婚し、きみとオリバーもここでぼくと暮らすようになるのだということを同時に話すのであれば」

「性急になっているのはあなたのほうだわ。しかもそれはオリバーのためではなく、あなた自身のためでしょう？　結婚することによってわたしたちの屈辱を晴らしてくれると口ではきれいごとを言うけれど、実際にはわたしを脅迫して結婚に持ちこもうとしているのよ」

「違う。ぼくは結婚がオリバーのためになることを指摘しているだけだ。息子の幸せを最優先し、きみにもそうするように言っているんだ」

「だけど、わたしたち……わたしたちのあいだに愛はないわ。結婚の基盤には愛情があるべきなのに」

ルイーズにはそれ以外の反論が思いつかなかった。

「それは違う」シーザーは即座に否定した。

心臓が飛びはね、ルイーズは彼の言葉が意味するものを大声で打ち消したくなった。わたしはシーザーに、わたしを愛していると言わせたいわけじゃないわ。そうでしょう？

「ぼくもきみも息子を愛している」幸いにも彼女の反応には気づいた様子もなく、シーザーは言葉を続けた。「ぼくたち二人ともオリバーに、両親から惜しみなく愛情をそそいでもらえる安定した幸せな子ども時代を送らせてやるべきなんだ。ぼくたち自身がそういう子ども時代を送れなかったから。ぼくは両親を亡くし、きみは……」彼がそこで目をそらしたのは、調査の結果ルイーズが不毛な子ども時代を過ごしていたことに愕然としたのを悟らせないためだった。

「わたしは父親に愛されなかった？」彼にかわってルイーズがぴしゃりと言った。

「父親からも母親からも最優先してはもらえなかったということだ」シーザーは言った。「さぞつらかっただろう。だが、夫婦というおとな同士の近しい関係の基盤に双方の愛情と尊敬があることが望ましいと思っているのは、きみひとりではない。ぼくも同じ考えだ」

またただ。ルイーズの心臓が激しく打ちはじめた。まるでシーザーをどうしようもなく愛していた、傷つきやすい十八歳のころに逆戻りしたかのようだ。

「しかし、当然ながらぼくたちの場合、そのような関係を結ぶのが不可能であることはお互い承知している」

当然だ。シーザーはわたしを愛したことなど一度もないし、これから愛することもないのだ。わたしだって愛してほしくはない。当然だ。

「きみがぼくをどう思っているかはわかっている」その言葉で、ルイーズの全身がかっと熱くなったかと思うと、すぐに冷たくなった。シーザーはわたしがいまでも彼が好きだと本気で思っているの？

「手紙の返事をもらえなかった段階で、きみの気持ちはいやでもわかったよ」

ルイーズは混乱した。

「手紙って？」

シーザーは口ごもった。ただでさえガードを下げすぎてしまったが、ここまできたらルイーズはあくまで説明を求めるだろう。また彼女にはその権利があった。

「ぼくがローマから帰ってきたあとに、きみに出した手紙だよ。自分のふるまいを謝罪し、許しを求める手紙だ」

彼がわたしに手紙を出した？　許しを求めて、謝罪の手紙を？　ルイーズの口の中がかわいてきた。シーザーが嘘を言っているとは思えない。あの当時の彼にとって謝罪の手紙を出すというのはよほどのことだったに違いない。

「手紙なんか来なかったわ」低くかすれた声で彼女は言った。「少なくともわたしは受けとってない」

「きみの父親の住所に出したんだが」

二人は無言で見つめあった。

「きっと……父としてはわたしを守るつもりだったんだわ」

彼女の気持ちを思って、シーザーの胸が痛んだ。もしそう信じてほしいのなら、調子をあわせてやろう。

「そうだな、きっとそうだ」

シーザーはわたし宛てに手紙を出したのに、父は渡してくれなかった。ああ、お願いだから、涙なんかこぼれないで。ここで泣くなんて屈辱的すぎる。たかが謝罪の手紙でしょう？　シーザーのような立場の若い男なら、当然考えられる行動だわ。中途半端になっていた問題をさっさと片づけ、二人のあいだにあったことをきれいさっぱり忘れたかったのよ。

「ぼくたちは過去ではなく現在に生きているんだ、

ルイーズ」そう言うシーザーの声は、彼女の考えを裏付けただけだった。「ぼくもきみも自分たちが作った子どもに対する責任を自分のことより優先すべきだ。愛のない結婚をしたくないというきみの考えはわかるが、オリバーのために愛情豊かな父親になるだけでなく、彼の目から見てもいい夫になれるよう努力を惜しまないと約束する」

愛のない結婚。その言葉はルイーズをぞっとさせた。だが、オリーを最優先すべきというシーザーの主張は否定も無視もできなかった。しかし、オリーが生まれた瞬間からずっとわが子を最優先してきたルイーズが、その間彼の存在を知りもしなかったシーザーにそんなせりふを投げつけられるとは皮肉な話だった。シーザーが息子を愛しているのは事実なのだろうが、彼を引きとりたがる理由の中に不純なものがあるのもまた事実だろう。シーザー自身が言ったとおり、オリバーは彼の正統な後継者なのだ。

わたしが忌み嫌う封建的な価値観と慣習の後継者……。でも、オリバーはわたしとは別の人格だ。どうにかシーザーから遠ざけられたとしても、おとなになって自分が継ぐはずのものについて知ったらオリーがどう思うか、考えるのも怖い気がする。オリバーにはファルコナリの血が流れている。だけど、あの子が父親みたいに傲慢で不遜で偏見に満ちた人間に育ってもいいの？

いいわけがない。わたしはあの子に幸福で充実した人生を送ってほしいのだ。シーザーと結婚してここで暮らせば、オリーに本人が相続する資産や称号だけでなく、この封建的な社会に変革が必要であることを意識させるよう道筋をつけてやれるのではないだろうか？

ああ、気持ちが軟化し、譲歩しかかっているのがわかる……。

「あなた、いい夫になるって言ったけど、ファルコナリに嫁いだ女が常に夫をたて、従順にかしずかなければならないことは誰もが知っているわ。わたしにはそんな生きかたはできないわよ、シーザー。それになによりオリーは、女性を自分と対等な存在として尊重する人間に育てたいわ」

そこで息をつくため言葉を切ったが、先を続けるより早くシーザーに出はなをくじかれた。「ぼくもまったく同じ考えだ」

「あなたも……同じ考えなの？　でも、わたしには仕事もあるし……」その仕事を得るまで一生懸命努力を重ねてきたのだ。「わたしがこれまで積み重ねてきたものをあっさり捨てるなんて思わないでもらいたいわ。わたしは――」

「もちろんそんなことは期待していない。ぼくは自分が生きているうちに、ここの人々を二十一世紀の生活に踏みださせたいんだ。きみのキャリアと経験はその方面で大きな助けになってくれる。ぼくが旧弊な慣習を変え、人々を現代社会になじませる手伝いをするとき、きみは重要な役目を果たすことになるんだ」

旧弊な慣習を変える？　ええ、そうね。シーザーがそのつもりなら、わたしだって協力したいわ。

「きみもここで暮らせば、ぼくたち二人で息子を育てられるばかりか、いっしょにこの人々を導いていける。いずれオリバーがそうすることになる人々を。こんなことを頼める筋合いでないことはわかっているけれど、オリバーのためにこの社会を変えるには、きみの協力が必要なんだ。オリバーに両親がそろっていて安定した家庭を与えるのに、きみがぼくの協力を必要としているように。きみはただイエスと言ってくれさえすればいいんだ」

「結婚てそんなに簡単なものじゃないわ。あなたと結婚なんてありえない」

「きみがオリバーを宿すなんてありえないことだっ

たのに、そうなってしまった」

ルイーズはまた気持ちがぐらつくのを感じた。シーザーに強力な魔法をかけられ、正常な思考力を奪われている。彼がそばにいると、わたしは……わたしはこのままずっとそばにいたくなってしまう。でも、愛のない結婚をしてまで？

シーザーはわたしを愛してはいないかもしれないけれど、オリーのことは愛している。それは確かだ。オリーに父親としての愛情を感じたというさっきの言葉には心がこもっていた。それにオリーも……父親をほしがっている。

シーザーに名誉を回復できると、とくに祖父母の名誉を回復できると言われたことも、胸に響いていた。シーザーの望むとおりにするのは、オリーのためだけではなく、祖父たちへの恩返しにもなるのではないだろうか？

オリーにはいずれ父親が誰かということだけでなく、彼がどんな状況で生まれたのかも話さなければならないと思っていた。そのときのことがいまから心配だった。だからあの子がもっとおとなになるまでは言いたくなかった。

「あなたと結婚することで汚名をすすげるのはいいとしても、過去のことはどうしても噂になってしまうはずだわ。いままではわたしがオリバーを守ってきたけれど、もしあなたがあの子を息子と認めたら、たとえわたしと結婚してオリーを嫡出子にしたとしても、人はあれこれ噂するに違いないわ。それが耳に入ったら、オリバーは傷つくかもしれない」

「そんなことにはならないよ。オリバーをぼくの子だと宣言してきみとの結婚を発表する際には、あの夏のぼくの行動が間違っていたこともみんなに知らせるようにするから。きみへの思いや、きみに近づくほかの男たちへの嫉妬から、きみを守る義務をぼくが放棄してしまったのだとね。そのあときみに結婚を申しこんだが、断られたのだと。きみは現代の若い娘らしく、自分なりに将来設計を立てていた。それでぼくはきみをあきらめなくてはならなかった。しかし、お祖父さん夫婦の埋葬のためにやってきたきみと再会したら、お互い相手に対する思いがいまなお強いことに気がついて、今度はぼくのプロポーズにきみも応じてくれたというわけだ」

「ほんとうにそういうことにするつもりなの？」だとしたらなんて心が広いのかと、ルイーズは胸をつかれた。シーザーのような男にほんとうに愛され、守られるのはどんな感じか、頭のどこかで想像せずにはいられない。いや、そんなことを想像してはだめ。あまりにも危険すぎる。

「もちろんだ。ぼくの妻になってくれるなら、きみの名誉を守るのもぼくの務めになるんだからね」

ああ、そういうことね。彼が守ろうとしているのはわたしではなくて、妻の面子(メンツ)にすぎないんだわ。

「もしお祖父さんが生きていたら、きみのため、そしてオリバーのために、ぼくのプロポーズを受けてほしいと思うだろう」

「わたしにどれだけ精神的な圧力をかけるつもりなの？」ルイーズは挑むように言った。

「必要とあらばどれだけでも」シーザーは臆面もなくそう答えた。「道は二つにひとつだ。第一は、冷静かつ現実的に考えて、オリバーに最善の環境を与えてやれるよう結婚してここで暮らす。第二はオリバーをめぐって争いつづけ、彼の心に深い傷を負わせてしまうか」

「あなた、第三の道を見落としているわ」

「どんな道だい？」

「あなたがオリバーのことを忘れて、わたしたちをロンドンの暮らしに戻らせるという道よ」

昔わたしに対してしたようにね、という言葉は口には出されなかったが、シーザーはそれを読みとって言った。「アルド・バラドの説得に負けて言いなりになってしまった自分の弱さを、ぼくは永久に許せないだろう。彼はきみと一夜を過ごしたことが世間に知れたら、ぼくたち二人のためにならないと言ったんだ。きみがカステッロから出るところを見ていたんだよ。それで……」

「わたしと――彼自身が村の若者たちをたらしこもうとするあばずれと弾劾した娘と、かかわってはいけないと言われたわけね」

「あれは卑怯者のやることだった。自分の責任と向きあえず、ほかの者にかわりに決断してもらったんだ」そして自分でも制御しきれない激しい感情に恐れをなし、動転して逃げだした。だが、そこまでルイーズに言うことはできない。シーザー自身それを認められるまでずいぶん長くかかってしまった。あれから二十代のなかばまでさまざまな相手とベッドをともにしながら、自己嫌悪とむなしさにさいなまれるだけの眠れぬ夜を幾夜過ごしたことだろう。

　一方ルイーズの頭の中では、静かにささやくプロのカウンセラーの声が聞こえていた。あれは重い責任を負わされ、はるか年上の強権的な長老に操られた、親のない二十二歳の若者がやることだったのだと。

　わたしったら彼の事情を斟酌してあげているの？　そう、表に出ない事情を斟酌してあげられるように、わたしは訓練を受けてきたのではないの？　上っ面だけを見るのでなく、その背後に隠されているものを理解できるように。

「ぼくたちの息子が継ぐべきものを継ぐのを、きみに邪魔させるわけにはいかないんだよ、ルイーズ。彼にはよくも悪くも自分がそういう立場にあることを知る権利があるんだ。そのかわり、おとなになってからそれを拒絶する権利もある」

　シーザーの口調はきわめて理性的で、感情的に言いかえすのは難しい気がした。まるでルイーズのほうがオリバーのことなど考えず、自分本位になっているかのようだった。

「オリバーのためにぼくがかなり無理なことを頼んでいるのはわかっているが、きみにはそうした難題を受けとめられるだけの強さがあるはずだ」

なんて見え透いているの……。こんなふうにおだてて懐柔しようだなんて。

「きみたちをもとの生活に戻らせることがほんとうにオリバーにとっていいことなんだろうか?」シーザーは首をふった。「そうは思えない。彼がぼくのことも遺産のことも知らされないまま大きくなって、もしあとから知ったらどう思うだろう? いくらぼくから遠ざけたいからといって、本気でそんな危険をおかしたいのかい?」

もちろん答えはノーだ。ノーに決まっている。正直なところ、愛のない、セックスもない結婚生活というのが――相手がシーザーであれ誰であれ、引っかかっているわけではない。なにしろオリバーの妊娠に気づいてからは、愛情を惜しむ男にすがりつくくらいなら誰も愛さないほうがよほどましだと考えるようになっている。母親がむなしく愛を求めつづけて自分自身をおとしめているのを見ていたら、オリバーの女性観がどれほどゆがんでしまうかわからない。

でも、シーザーのプロポーズに応じれば、最初から彼との関係で、ある程度の力は持てるだろうし、オリバーがあらゆる面で健全に育つようコントロールもできるだろう。

それにシーザーと結婚してオリバーに家庭のぬくもりを与えてあげたら、天国の祖父母が喜ぶことは間違いない。彼らはわたしのために多大な犠牲を払ってくれた。一族の面汚しであるわたしを引きとっただけでなく、わたしがよき母親になれるよう心を砕き、勉強して資格をとるまで養い、わたしとオリバーにあたたかな家庭を提供してくれたのだ。

ルイーズは深呼吸して立ちあがり、数メートル先の日が当たっているところへと移動した。シーザーの表情がよく見えるよう、彼を日陰から連れだすための作戦だ。

「結婚に応じるとしたら、条件があるわ。オリバーへの影響を考えて、わたしに対するあなたの態度に制約をつけたいの。だけど、それ以上に重要なのはオリバー本人だわ。あの子が父親のことを語ろうとしないわたしに腹を立てているのは事実だし、父親がわりの曾祖父が死んでしまったのを悲しんでいるのも事実よ。だけど、わたし自身が体験してきたとおり、悪い父親なら子どもにとってはいっそいないほうがいいの。

あなたがオリーを引きとりたがる背景にはそれなりの理由があるんだし、いまのあなたはあの子を息子として愛していると言える立場にはないわ。あの子のことなどなにも知らないし、あの子もあなたのことはなにも知らないのだから。あなたが父親だと知ったら、性急に距離を縮めようとするんじゃないかと心配だわ。あまりに理想的な関係を期待して、落胆するはめになるかもしれない。だからオリーにあなたが父親だと教えるのは、あの子がもっとあなたのことを知ってからにすべきだと思うの」

作戦どおりシーザーは日陰から出て、彼女のほうに近づいてきた。だが表情を見られた安堵感は、その表情じたいが示している断固とした拒絶の意志に完全に打ち消されてしまった。オリバーの目と同じグレーの目も、厳しい表情をたたえてルイーズを見おろしている。「ぼくは反対だな。オリバーはいかにも頭がよさそうだ。ぼくと彼がよく似ていることに気づいて、いずれ親子と察するだろう。それなのにこちらがなにも言わずにいたら、ぼくが彼を値踏みして、不満があるから息子と認めないんだと誤解してしまうかもしれない」

　息子の用心深く誇り高い性格を思って、ルイーズはしぶしぶうなずいた。

「言いたいことはわかるわ。だけど、わたしたちの過去についてはなんと言うの？」

　それについてもシーザーは答えを用意してあった――あらゆることに用意をしてあるように。

「きみはぼくと喧嘩別れし、二度と連絡するなと言ってロンドンに帰った。そして妊娠がわかっても、ぼくには知らせなかった」

　ルイーズは半分しか事実でないその説明に異議を唱えたかったが、彼女の現実的な一面は、オリーくらいの年ごろの子にはそういう単純な説明のほうが受けとめやすいのだと認めていた。

「それでいいわ」不承不承同意する。「でも、オリバーに話す前に、もっとあなたを知る機会を与えてあげなくちゃ」

「ぼくは彼の父親だよ」シーザーは言った。「親子なんだから、彼は遺伝子と血を通じてすでにぼくを知っているんだ。話すのは早いほうがいい」

「いきなり父親はあなただと言っても、あの子が喜ぶとは思えないわ」

「なぜだ？」シーザーは無造作に肩をすくめた。「彼はただでさえ父親をほしがっているんだし、さっきの彼の反応をきみも見ただろう？　それとも理屈を超えたところでぼくと彼が血の絆を本能的に感じているのを、きみは認められないのかな？」

「あなたってほんとうに傲慢ね。オリバーはまだ九歳で、あなたとは会ったばかりなのよ。確かに父親をほしがってはいるけれど、いままで知らなかった分父親というものを美化して、理想的な父子の関係を思い描いていることはあなたにだってわかるはずだわ」

「それは誰のせいなんだ？　彼が現実を理解し、受け入れるのを阻んできたのは誰なんだ？」

「わたしはあの子のために口をつぐんできたのよ。子どもって、ときとしておとな並みに残酷になるわ。いえ、おとな以上に残酷なときもあるくらい。わたしはあの子を自分と同じ目にはあわせたくなかったのよ。本人に罪はないんだから。わたしがこういうことになったのはわたし自身の責任だわ。わたしがシチリア人社会の掟（おきて）を破ったから。家族の顔に泥を塗ったから。でも、オリーにはなんの罪もないのよ」

　彼女はほんとうに息子を愛しているのだ、とシーザーは思った。ルイーズの声にはわが子を守ろうとする母親の強い決意と、長いあいだ社会の非難に耐えてきたプライドがみなぎっていた。その間シーザーはいかなる代償も支払ってこなかったのだ。いや、心の中ではさんざん支払ってきたけれど。

「すぐに結婚の手はずを整えよう。ぼくの力で、必要な手続きを極力迅速に進めさせる。ぼくたちが早く結婚すれば、それだけオリバーもここでの家族三人の新生活に早くなじめるんだ」

　ルイーズの心臓が誰かにわしづかみにされたかのように締めつけられた。さっきからシーザーに結婚すべきだと散々言われてきたけれど、彼女はシーザーが父親だと知ったときの息子の反応ばかりが気になって、自分たちの結婚という現実的な問題にまで頭がまわっていなかった。だが、いまのシーザーの言葉で、状況の複雑さがバリケードのように目の前に立ちふさがった。

「そう簡単にはいかないわ」ルイーズは抗議した。「わたしのうちはロンドンなのよ。仕事もあるし、オリバーの学校のこともある。オリバーにあなたが父親で、わたしたちが結婚することを話したら、わたしとあの子はいったんロンドンに帰り、二、三カ月かけて――」

「だめだ。きみはどうするにせよ、オリバーはぼくとここに残る。ぼくにはそうさせることができるんだ」ルイーズが首をふりかけたのを見て、シーザーはだめ押しのようにそう付け加えた。

ルイーズの体が内側から震えだした。彼が本気で言っているのはわかっていた。シーザーが自分の利益を守るためならいくらでも無慈悲になれることはいやというほどわかっている。でも、闘わずしてあきらめるつもりはない。今度だけは。

「わたしもいろいろと責任ある立場なのよ。あなたと結婚するからといって、これまでの生活をいきなり放りだすわけにはいかないわ」

「どうして？　みんなそうしているじゃないか。ぼくたちは情熱的な一夜を過ごして、その結果子どもを授かったカップルなんだ。しばらく別れていたが、いままた運命が二人を結びつけてくれた。こういう状況でいっしょになるのを何カ月も先延ばしにするカップルなどいない。それになにより、オリバーによけいな心配をさせてしまう。ぼくたちが喧嘩別れをしていたと聞いたあとでは、また同じことが起こっているのではないかと気をもんでしまうだろう」

「噂になるわ」反論として弱いことはわかっているけれど、ルイーズの中の傷つきやすい部分が彼女をパニック状態に陥れようとしていた。

シーザーと結婚するのが怖いのだ。なぜか？　自分の心を守ることなど考えもつかない、あの愚かで無謀な少女はもういない。いまのわたしはおとなのだ。自分にどうしても必要だと思いこんでいたものをシーザーの腕の中で見つけたいと願ったあの思いは、とうの昔に葬り去ったはずだ。もうシーザーに対しても、結婚制度が象徴する親密な関係に対しても、決して無防備ではない。

「最初は確かに噂になるだろうが、結婚してぼくたちがほかの家族となにも変わらないところを見せれば、噂はすぐに立ち消えになる。それにみなぼくに跡継ぎができたことを喜んで、過去のスキャンダルなどあっさり忘れてくれるだろう」

シーザーはそう言うと腕時計を見た。

「そろそろ時間だ。オリバーを迎えにいこう」

彼とカステッロをあとにしながら、ルイーズは自分に言い聞かせた。胸が締めつけられているのは、これからのことが心配だからであって、シーザーが当然のようにいっしょにオリーを迎えにいこうとしているからではない、と。

夜の十一時をまわっていた。本来ならオリバーはもう眠っている時間だが、ホテルのベッドに横たわった彼はまだぱっちりと目をあけていた。シーザーがオリバーに自分が父親であると宣言してから、ほとんど休みなく質問を続けている。

「ほんとうにぼくのパパなんだね？」

「ええ、ほんとうよ」ルイーズは同じ答えを数えきれないほど繰りかえしていた。

「そしてママはパパと結婚して、三人でここで暮らすんだね？」

「ええ、でも、あなたがいやなら話は別よ」

ルイーズはオリバーに言うのをもう少し先にすべきだったという考えをいまも捨てきれなかったが、当のオリバーはすぐにでも法律的に家族となって、絆を強めたいようだった。シーザーがルイーズに言っていたとおりに。

「ママとパパはもうじき結婚して、ちゃんとした家族として三人で暮らすんだよね？」オリバーはなおも念を押す。

「ええ、そうよ」ルイーズはうつろな声で答えてから警告するように言った。「これまでとは生活が一変するのよ、オリー。ロンドンから引っ越したら、ほもう学校の友だちとも——」

「ぼくはここでパパやママと暮らすほうがいい。だいたい友だちはぼくにパパがいないことをいつもからかっていたんだから。ぼく、パパに似ててよかったよ。ビリーのパパに、似てるって言われたんだ。ぼくはママよりパパに似たんだね。どうしていままで教えてくれなかったの？」

「あなたがもっと大きくなるまで待っていたのよ、オリー」

「パパと喧嘩して、ぼくのことを知らせてなかったから？」

「ええ」

オリバーがあくびするのを見て、疲れが出てきたのを察し、ルイーズは明かりを消すと、小さなバルコニーに出てドアを閉めた。

先刻オリーとシーザーがいっしょにいるところを見たときには、二人が似ていることを心ならずも認めないわけにはいかなかった。二人は見た目だけでなく、気質やちょっとした癖も似ていた。誰が見てもすぐに親子とわかるくらいに。だがなによりルイーズを驚かせたのは、別れ際に思いがけずシーザーがごく自然にオリバーを抱きしめ、オリーもまた、ふだんは母親との触れあいにさえ逃げ腰なのに、しっかりとシーザーに抱きついたことだった。

その数秒間、ルイーズは完全にのけ者だった。あんなにも深く心を通わせあうなんて、もし親子の名乗りを遅らせていたら、あとでオリーに責められ、恨まれたに違いない。オリーが傷つかないようにあえて時間をあけたのだということは、まだ子どもの彼には理解できないだろうから。

しかし、去り際のシーザーはただオリーを抱きしめただけではなかった。

あたたかな晩だからバルコニーに出ていても寒気など感じるはずがないのに、オリーとおやすみの抱擁をかわしたあとにシーザーが自分に向き直ったときのことを思い出すと、ルイーズの体に震えが走った。シーザーは彼女の袖から出ていた両方の二の腕を、そっとつかんで握りしめたのだ。

ホテルの部屋の前のひっそりした廊下で、ルイーズはたちまち体が熱くなるのを感じ、彼の手がつかんでいるところにわれ知らず手をやった。いまふりかえると、目をとじてしまうとはなんてばかなことをしたのかと思う。まるで……まるでキスを期待していたみたいではないか。バルコニーでひとり顔をほてらせながら、ルイーズは自分に言い聞かせる。わたしはただ彼の顔を見たくなかっただけ。できるものなら二度と見たくなかっただけだわ。

顔に感じたあたたかな息や、二の腕のなめらかな肌を親指でそっと撫でられた感触がよみがえり、また小さく身を震わせる。この身震いは自分に対する嫌悪感の表れ。それに不安の表れでもある？　違うわ！　自分がシーザー・ファルコナリにどんな反応を示そうと、不安に思うことなどなにもない。だけど、あのとき体じゅうに広がった痛いほどのうずきは？　錯覚だ。父親と母親がいっしょにいて幸せであってほしいと願うオリーの子どもらしい気持ちに、わたしが過敏に反応しただけ。ただそれだけ。それ以外になんの意味もない。

シーザーとの結婚は単なる契約なのだ。オリーのために結び、オリーのために守っていかねばならない契約。そこに私的な感情は存在しないし、存在してほしくもない。

カステッロの書斎で、シーザーは机の上の書類を見おろしていた。ルイーズの生活について過去と現在を調べさせた調査チームから、送られてきていたファクシミリだ。ルイーズは彼の息子の母親なのだから、息子のために彼女のすべてを知っておきたいと思うのは当然のことだった。

教会の墓地でルイーズと会ったとき、彼女が深いところで昔と変わっていたことは明らかだった。送られてくる調査結果はその変化を裏付けるものになると、ある程度は予測がついていた。だが、そこに無駄のない文章で――内容の不快さをいっそう際立たせる簡潔な文章で書かれたルイーズの親に関する記述は、予測を超えるものだった。

報告書は批判をまじえず、事実だけを述べていた。それで明らかになったのは、ルイーズは生まれる前から親に、とくに父親に拒絶されていたということだった。父親は彼女を出世の妨げ、人生の障害物としか見ておらず、父の愛を切望する彼女を最初からはねつけていた。

その現実を突きつけられ、シーザーは怒りと同情と自責の念で胸がいっぱいになってしまった。わが子につらくあたった父親への怒りと、ルイーズへの同情、そしてルイーズに屈辱を与え、恥をかかせたことに対する自責の念で。なぜ十年前にもっと時間をかけて隠された事情を見ようとせず、目をそむけてしまったのだろう？　いや、自問するまでもない。欲望など感じないと思っていた相手をあんなにも求めてしまうことに怒り狂って、それ以外のことを顧みる余裕がなかったからだ。

ルイーズは父親とは結べなかった心の絆を求めてぼくのもとに来たのに、ぼくにはそれがわからなかった。そればかりか彼女にかきたてられる感情や欲望の強さを恐れるあまり、結局彼女を拒絶した。もっと外見の下にひそむものを見るべきだったのに、彼女の祖父母以外のみんなと同じく、彼女の気持ちなど一顧だにしなかったのだ。

シーザーは苦い悔恨をのみくだした。彼は常に人々を気遣い、彼らの話に耳を傾け、問題の解決に力を貸し、知恵と思慮をもってことの本質を見抜こうと努力してきたつもりだった。いたわりや優しさを誰にでも分け与えている自信があった。だが、それをもっとも必要としていたルイーズには、まったく与えようとしなかったのだ。

彼女に欲望を感じてしまうから。彼女に心を揺さぶられ、欲望をかきたてられてしまうからだ。そのことに屈辱を感じ、ルイーズを罰してしまったのだ。

だが、現実問題として二人のあいだには子どもがいる――息子のオリバーが。シーザーは再び報告書に目を落とした。こんなふうに拒絶され、傷つけられ、辱められた少女が、プロのカウンセラーに心をさらけだし、その体験から立ちあがるのにどれほどの勇気と強さが必要だっただろう。それだけでルイーズは尊敬に値する。だが、ぼくが彼女を尊敬しているのに対し、彼女のほうはぼくを軽蔑している。しかし、それでも彼女はぼくと結婚するのだ。オリバーのために。

6

「ここに二人が夫婦となったことを宣します。新郎は新婦にキスを」

ルイーズは身をかたくして、唇に形ばかりの短いキスを受けた。

式がとりおこなわれているのはファルコナリ公の城(カステッロ)の中の礼拝堂だ。司教はシーザーのまたいとこで、二人を結婚させるためにローマからよばれていた。驚いたことに、地元のお偉方のほかに、シーザーの従姉(いとこ)のアンナ・マリアとその家族も出席していた。夫と息子が三人いるが、一番下の子はオリバーと一歳半しか違わない。

アンナ・マリアの一家はシーザーが正式に結婚を

告知してから三日とたたないうちに到着しており、意外なことにルイーズは上品ぶったところのまったくないアンナ・マリアに、たちまち好感を抱いた。アンナ・マリアは称号も名乗らず、彼女の夫も称号のないただのビジネスマンだった。ルイーズは、彼らが今回の滞在中オリバーをあちこち観光に連れだすことさえ承知したほどだった。その理由はオリーが彼らになついて行きたがっているからであって、アンナ・マリアがほのめかしたようにシーザーと自分に二人きりの時間が必要だからというわけではない。彼と二人きりの時間なんて、ありがた迷惑もいいところだ。

しかし、アンナ・マリアはシーザーとルイーズの過去について、シーザーが考えた例の筋書きを聞かされているらしく、面倒な質問はいっさいせずに、ルイーズとオリーが一族に加わるのを心から歓迎してくれていた。

シーザーのような立場の男と結婚することがいかにたいへんか身をもって実感しているいま、ルイーズは改めてアンナ・マリアの存在に心から感謝した。彼女がそばでいろいろ協力してくれなかったら、右も左もわからないままこの土地の古い伝統に圧倒され、途方に暮れていただろう。

ルイーズは法律上の手続きをするだけの簡素な結婚式を望んでいたから、盛大にするというシーザーの計画に最初のうち尻ごみしてしまったが、彼は必要なことなのだと言いはった――彼がルイーズのことを恥じているとか、ルイーズがオリバーを利用して彼に不本意な結婚をしいたのだとか噂されないために。その言葉にルイーズはかっとなり、結婚をしいられたのはわたしのほうで、わたしがあなたにしいたわけではないと言いかえした。

そんな激しいやりとりの末、気がつけばシーザーが主張するとおりの盛大な結婚式をとりおこなうことになっていた。彼は盛大にすることで、見つかったわが息子を誇りに思っていることや、その息子を産んでくれた女性に栄誉を与えたいと願っていることを世間に示したいのだと言った。実際その旨周知するよう手をまわしたくらいで、おかげでオリバーはカステッロでの暮らしに難なくとけこみ、ルイーズにちょっとした疎外感を味わわせたほどだった。考えてみたら、息子のそうした一面は父親から受け継いだものなのだ。

シーザーは儀礼的な誓いのキスをするときにとったルイーズの手を、まだ握りしめている。ルイーズは体が震えだすのを感じた。長い一日を過ごすストレスからくる自然な反応にすぎないと、心の中で自分自身に言い訳する。わたしの手を包みこんでいる手が、シーザーのものだからではないわ。包みこんでいる？　わたしの手を？　かつてわたしを傷つけ、いまもわが子の母親としかわたしを見ていないシーザーが？

ルイーズが身じろぎもせずに隣に立っているのに、彼女がつけているレースのベールにあしらわれた小さなダイヤや真珠の粒がかすかに震えているのを見て、シーザーはふと眉を寄せた。彼女の落ち着いた平静な態度には、心の不安や心細さを感じさせるものなどなにもなかった。その言動からも、自分のささえを必要としているようなところはまったく見受けられない。だが、そのかすかな震えに気づいたシーザーは、反射的にもっと寄りそってやりたくなった。ルイーズはいまや彼の妻であり、どんなときにも妻を守るのが夫としての務めなのだ。それがファルコナリ家の流儀だった。

司教が最後の祈りを唱えるのを聞きながら彼女をさらに観察すると、シーザーの眉間の皺（しわ）はいっそう深くなった。彼がイタリアの専門店に送らせた何着ものウェディングドレスの中から、ルイーズはシンプルで控えめなデザインのものを選んでいた。白ではなくクリーム色の、長袖でハイネックの地味なドレスだが、彼女が着ると気品にあふれてエレガントに見える。ファルコナリの紋章が丹念に刺繍(ししゅう)された長いベールは、ファルコナリ家が代々寄付してきた修道院の尼僧たちがシーザーの母親のためにひと針ひと針縫ったものだが、最初シーザーは、ルイーズがそのベールを選んだのは従姉の影響に違いないと思った。だが、アンナ・マリアによると真相は少々違ったようだ。ルイーズはこのいかにも高価で繊細なベールに気おくれしつつも、オリバーのために、オリバーに結婚式のとき、母親が父方の祖母と母方の曾祖母両方の形見を身につけていたのを記憶にとどめてもらうために、このベールにしたのだという。ちなみに母方の曾祖母の形見とは、いまルイーズがつけているブルーの美しいエナメルのブローチだとオリバーが教えてくれた。

これで彼女がベールをとめるのにファルコナリ家伝来のティアラを使ってくれたらもっとよかったのに、とシーザーは思った。それに、自分が見せた高価な婚約指輪も受けとってほしかったと思う。だが、そのあたりに関しては、ルイーズが頑として譲らなかった。いまシーザーがさっきルイーズの指にはめたばかりのシンプルなゴールドのリングの上あたりを人さし指で撫(な)でているのは、そこにひとつしか指輪がないのを間違っているように感じているからなのだろう。

彼女の肌は柔らかくなめらかで、指はほっそりと長く、爪は淡いピンクに塗られている。突如シーザーの頭に過去の記憶がよみがえった。それは爪をピンクではなく、深みのある紫に塗られた指が、彼の欲望の証(あかし)に巻きついたときの記憶だった。ルイーズはまるで初めて男性に触れたかのようにはっと息をのみ、シーザーもまた初めて女性に触れられたかのように熱い欲望を燃えあがらせた。

慌てて記憶を払いのけようとしたが、体はすでに反応し、あのためらいがちな愛撫に全身の血が沸きたったことがいやでも思い出された。あのときのルイーズはぼくがどれほど彼女を求めているか、気づいていたに違いない。ぼくは彼女に欲望をかきたてられ、彼女を罰するために抱かずにはいられなかった。子どもができるほどに熱く、狂おしく。

肌に触れているシーザーの指は、まるで稲妻のように強烈な刺激をルイーズの全身に送りこんでいた。稲妻。彼女は昔から雷が怖かった。落雷に驚いて父親のもとに走り、その父に怒られて以来だ。それから雷の破壊力をずっと恐れてきた。自分がほんとうに恐れていたのは自然の脅威ではなく、父の怒りと拒絶だったのだと、どれほど合理的に考えようとしても。

いまのわたしはなにを恐れているのだろう？ なぜこの刺激的な感覚を稲妻などにたとえたのだろう？ 理由などない。そう胸につぶやきながら、彼女は握られていた手を引っこめ、震えを隠すように体のわきにおろした。オリバーを宿した晩にもわたしは震えていた。あこがれと自分自身の反応の激しさゆえに。でも、その後シーザーに屈辱的な思いを味わわされたときにはそれ以上に震えてしまった。もう決してあんな目にはあわされない。あれはもう過ぎたことだ。

ルイーズはなんとか現在に意識の焦点をあわせた。この礼拝堂はシーザーが結婚式に立ち会うよう招待したお偉方でいっぱいだが、いまは高らかなオルガンの響きが新郎新婦退場のときであることを告げていた。

わたしがいま震えているのは、今朝の慌ただしさにまぎれて朝食をとりそびれたせい、それに挙式前アンナ・マリアのすすめでシャンパンを一杯飲んだせいだ、とルイーズは思った。出口への通路が狭くてシーザーと身を寄せあわないと歩けないからではない、と。

だが、試練はまだ終わったわけではなかった。このあとはカステッロの大広間で開かれる披露パーティに出なくてはならなかった。

「これでママも公爵夫人だね」

近づいてきたオリバーの笑顔を見れば、彼がこの結婚をどう受けとめているかは明白だった。この数日間でオリバーは殻を打ち破ったかのように自信をつけ、いきいきとしてきた。それだけとっても、自分がどのような犠牲を払おうとそれ以上の価値はあるのだと思える。たとえ彼と父親とのむつまじさにわずかばかりの寂しさを感じることがあったとしても。それだってシーザーのせいではないのだから。ルイーズにとっては、彼がオリバーを甘やかしすぎてしまうことも、あるいはよそよそしく堅苦しい接しかたをすることも、両方心配だった。だが驚いたことに、それにちょっとくやしいことに、シーザーはオリーとのつきあいかたを本能的に知っているかのようだった。

しかしいま、オリーがアンナ・マリアの息子たちのほうに走っていくのを見て、ルイーズは自分がひとりぼっちになってしまったような心もとなさを感じていた。せめて祖父母が生きていてくれたら。今週後半には、彼らの遺灰をサンタマリア教会の墓地に正式に埋葬することになっている。

パーティ会場で、祖父母の村の最長老が近づいてくるのに気づくと、ルイーズは思わず身をこわばらせた。村長として、シーザーに二度と会うなとルイーズに言ったアルド・バラドだ。十年前、一番声高に、一番手厳しくルイーズを非難したのが彼だったのだから、彼女が敬意を払うべき公爵夫人となった客たちと交流するルイーズを見ると、彼女は他人とのかかわりかたを本能的に心得ているかのようだ。相手の話にきちんと耳を傾け、先を急がせることがない。離れるときには感じよくほほえみかけている。こういう妻はシーザーのような立場の男にとって貴重な財産だ。権威にはむかい、論争を巻き起こそうとしていた無作法な十八歳は不死鳥のように過去からよみがえり、美しく自信にあふれた女性になっていた。

いまアルド・バラドが彼女に近づいていくのを見たシーザーは、それまで話していた相手に断って自分もそちらに向かった。妻と息子を守るのは彼の義務であり、ルイーズを彼女の父親のように落胆させるつもりはない。

ルイーズは、アルドよりも数秒早くシーザーが突然隣に現れたことにほっとして、そんな自分の愚かさを嘲った。考え違いをしてはだめよ。シーザーは

ことを面白く思っているはずがない。

シーザーはほかの長老と話をしていたが、自分の視線が絶えず新妻のいるほうへとさまよってしまうのを自覚せずにはいられなかった。

なぜだ？　夫としてルイーズを守りたいと感じているからか？　彼女のつらい子ども時代を知って、自分までもが彼女を拒絶してしまったことに罪悪感を抱いているからか？　彼女の強さと勇気を再認識して、彼女を妻と呼べることに誇らしさを感じているからか？

いや、それだけではなく、体の奥でいまも痛いほど彼女を求めているからだ。もしかしたら十年前のあの夏にも、ぼくの心の一部は、自分の理屈っぽい面や育ちからくる考えかたが拒絶していたものをなんとなく認めていたのかもしれない。たとえば、ほんとうのルイーズは本人がそう見せかけていたような人物ではないことを。

かつてはアルドの味方、つまりわたしの敵だったのよ。

シーザーが彼女の体に片腕をまわして引きよせると、その思いがけない動きにルイーズはたちまち不安になった。しかもとっさに距離を保とうとしたのがかえってあだとなり、彼の腕力に負けてその胸に倒れかかりそうな格好になってしまった。まるで彼にほんとうに抱かれたがっているかのように。

シーザーは彼女を熱愛していると見せかけるために熱いまなざしで見つめてきたが、ルイーズは情けないことに目をそらすことができず、夫の愛情表現という芝居の共犯者を心ならずも務めるはめになった。そのうえ、シーザーのほうはわが子を正統な後継者にするために仕方なく結婚したのを人に知られるのはプライドが許さないから芝居をしているだけなのに、ルイーズは偽りの情熱をたたえた彼の目にいやおうなく体が反応するのを感じている。

さらに衝撃的なのは、このめくるめく感覚が初めて経験するものではないということだ。自衛本能が働き、頭の中で警報が鳴り響いたが、もうすでに遅かった。ルイーズは祖父母と村の広場に立って、シーザーが人々に話しかける姿を見つめる十八歳のころに逆戻りしていた。

彼女は思わず息をのんだ。二度とよみがえらないよう記憶の底に押しこめたはずだったあの感覚が、またもやわたしに襲いかかってくるとは。いいえ、ハンサムな男に女がときめくのはなんの不思議もないのでは？　あのあとわたしは、シーザーがほんとうはあこがれのヒーローでもなんでもないことを思い知らされたのだ。

「ぼくの最愛の妻」

シーザーの声でわれに返ったルイーズは、ウエストに腕を巻きつけられて引きよせられ、思わず身をかたくした。彼は愛情深い夫の役を演じているだけ。

わたしが彼をどうしようもなく意識してしまうのは、いっしょになって芝居をしなければならないのが不快だから、ただそれだけ。彼の腕のたくましさやぬくもりとはなんの関係もない。たとえ全身がこきざみに震えているとしても。

シーザーはルイーズの目から、彼女が自分自身のいやおうなしの肉体的な反応を嫌悪しているのを見てとった。あの夏の夜にもルイーズはいまみたいに震えていたけれど、あのときはそれを隠そうとはせず、むしろ酔いしれてその身を投げだそうとしていた。いまは自分が震えを抑えられない現実に心の中で怒りを燃やしている。それがわかっているのに、シーザーの体もつられたように反応してしまうのをどうすることもできない。いったいどうしたというんだ？　もうこの程度のことで衝動にかられるような若造ではないだろう？　いまはもっと重要なことに集中すべきだ。オリバーのことや、将来のことに。オリバーやルイーズをちゃんとみんなに受け入れさせることに。

「許してくれ、アルド」シーザーはやってきた村長に言った。「正直な話、やっといっしょになれたんだから、もうルイーズを目の届かないところにやることには耐えられないんだ」これは自分の本音だ、と口に出してみて気がついた。目を離したらルイーズはオリバーを連れて逃げてしまいそうだった。

彼の声はあたたかく、こちらを見る目は優しく、ウエストにまわしている手は二度と放すまいとしているかのようだけれど……これはただの演技でなんの意味もない、とルイーズは思った。意味があってほしいの？　まさか。過去の仕打ちを考えたら、未練など残っているわけがない。

でも、もし過去が二人のあいだに立ちはだかっていなかったら、もしなんの先入観もなく、いま初めて会ったのだとしたら……。いいえ、いまわたしがここにいるのはオリバーがいるからだ。オリーが生まれていなかったら、シーザーがわたしと結婚したがる道理もなかったのだ。

「実のところ、わたしが驚いてないと言ったら嘘になります」アルド・バラドは言った。「しかし、彼があなたの息子であることに疑問の余地はない」

「そのとおりだ」シーザーが厳しい口調で言う。ルイーズは一瞬本気で彼が自分を守りたがっているのだと信じそうになった。

「わが公爵夫人は寛大にもぼくに過去の過ちを償う機会を与えてくれたんだ」シーザーは言葉をついだ。「その寛大さが必ずやほかの者たちにも向けられるとぼくは確信している」

ルイーズはわずかに目をまるくした。アルド・バラドに関するかぎり、彼女はいかなる幻想も抱いてはいない。アルドはロンドンのシチリア人社会にも噂を流し、ルイーズをいづらくさせた。いま彼が近づいてきたのが過去のことをわびるためであるはずはない。

「ぼくは幸せな男だ」シーザーは続けた。「光栄にもこのような妻を持てたことを誇りに思っている。それに息子というすばらしい授かりものを得られたことも」

「息子というのは確かにすばらしい授かりものですな」アルドは言った。

「今週、妻の祖父母の遺灰をサンタマリア教会の墓地に埋葬する。村で育った者たちなら参列するのが自然だろう。ぼくも彼らをしのんで、去年嵐で割れたステンドグラスのかわりに新品のものを寄贈するつもりだ」

それでシーザーの話は終わりだった。それ以上は言う必要もなかった。

この共同体のありかたについてはルイーズもわかっている。シーザーが指示を出し、アルド・バラドはそれに従う。祖父母の遺灰の埋葬にはふるさとの村から大勢の人が集まり、集まることで祖父母に敬意を払うのだ。シーザーはわずかな言葉で、ルイーズが決してかなえてやれなかった祖父母の願いをかなえてくれたというわけだ。それだけ彼の力は大きいのだ。その力をかつて彼はルイーズの不利になるように使い、今回は彼女の祖父母の利益になるように使った。オリバーが彼の息子だから。シーザーにとって大事なのはそれだけだ。わたしが大事なわけではない。それでいっこうに構わない。わたしにとっても彼はぜんぜん大事ではないのだから。

アルド・バラドがいなくなるのを待って、ルイーズは低い声で言った。「なにもあなたが飛んでくる必要はなかったのに。わたしひとりでもアルド・バラドの相手ぐらいできたわ。昔はいやな思いをさせられて恐怖を感じていたけど、いまはもう事情が違うんだから。それに遺灰の埋葬のことだけど、買収してまで参列者を集めてもらっても、わたしはちっともうれしくないわ」

「きみはうれしくないかもしれないが、お祖父さんたちや古くからの村人たちにとっては何人集まるかが重要なんだ」

それは確かにそのとおりだ。だからルイーズは否定はせずに話を変えた。「いい加減に手を離してよ。アルドはいなくなったんだから、もうお芝居をする必要はないはずだわ」

「ぼくたちに注目しているのはアルドだけではないんだよ」シーザーはルイーズの体をぐいと引きよせ、耳もとで甘い言葉をささやくようなふりをして、しごく現実的なことを言った。「オリバーのため、この結婚は昔の愛を実らせた結果だということにしてあるんだ。みんなその証拠を見たがっている――とくに結婚式の日には」

あいているほうの手でルイーズのおくれ毛を耳に

かけながら、彼はキスをしたがっているような目で口もとをじっと見つめた。それだけでルイーズは唇が燃えるように熱くなり、顔がかっとほてった。

「やめて」声をつまらせて言う。

「なにをやめるんだ？」シーザーは挑発するように問いかけた。

「そんな目で見ないで」

「そんな目とは？」

「わかっているくせに」ルイーズは声を震わせた。「あなたの目、まるで……」

「きみをベッドに連れていきたがっているみたいかな？　だって、そう見えるようにふるまおうということで合意しただろう？」

そうだったかしら？　そんな話をした記憶はないけれど、どのみちルイーズの頭は思考停止に陥っていた。いったいどうしたのだろう？　彼の腕の中に身を任せたのは十年も前だ。わたしは初めて切実な欲望を感じ、それを浅はかにも愛と結びつけてしまった。

「わたしたちは結婚したのよ。それだけでいっしょにいたがっていることの証明になるでしょう？　べつに実際に……その、ほんとうに……」

さっきはかすかに震えていたにもかかわらず、いまのルイーズからは彼に抱かれたくないという気持ちがひしひしと伝わってきた。シーザーはそれを喜ぶべきだった。二人の結婚生活に性的な関係を持ちこんだら、事態は複雑になるばかりなのだ。だが、彼の胸にこみあげてきたのは喜びではなく無念さだった。いったいなぜだ？　男の虚栄心か？　自分がそんな薄っぺらな男だとは思いたくない。彼女と結婚したのが息子のためだというのはお互い承知のうえだが、まだ話しあっていない問題が残っていることにシーザーはいま初めて気がついた。

「ぼくたちの結婚生活はセックスレスになるだろう

が、それは二人だけの秘密にすることにきみも同意してくれるだろうね？」

「ええ」ルイーズはうなずくしかなかった。シーザーがわかりきったことを宣言したからといって、なぜこんなに……こんなにせつないのだろう？　わたしだって彼とセックスなんかしたくない。もちろんしたくなんかないわ。

「ついでながら、婚外恋愛も……。いまはオリバーの心の安定を最優先しなくてはならないから、お互い禁欲に徹するべきだと思うんだ。幸い、きみにもぼくにもいまつきあっている相手はいないし――」

ルイーズはそこで声をあげた。「わたしの素行調査をしたの？」

「ぼくの息子の継父になるかもしれない男がいるかどうかを調べるのは当然のことだ」

「わたしがオリバーの心の安定を損ないかねないようなことをほんとうにすると思うの？　あなたとの結婚に同意したのも、もっぱらあなたがオリーの父親で、あの子があなたを必要としていたからなのよ。あなたがどういう人であれ、オリーのよき父親になってくれることは確かだと信じたから。わたしの……わたしの父親とは違って」

ルイーズはさっと顔をそむけた。よけいなことを言って、自分の弱さを露呈してしまったような気がする。

ありがたいことに、ちょうどオリーがシーザーの従姉の息子たちといっしょにこちらに駆けてきた。彼らはもうすっかり仲よくなっている。こんなに息子が明るくなるなんて犠牲を払ったかいがあった、と思いながら、ルイーズは彼らが行くことになっているオープン間もないウォーターパークのことを熱っぽく語るオリーに笑顔で相槌を打った。

彼女にとってこの日の一番幸せな瞬間とは、アンナ・マリアの夫が新婚夫婦のために乾杯した際、オリーが隣に立つシーザーに顔を紅潮させてこう言ったときだった。「これでぼくにもちゃんとパパができたんだね？」

それにこたえて、シーザーも同じように静かだが熱のこもった口調で言った。「ぼくがもしオリーを悲しませたら、ぼくも決して自分を許しはしないよ」

シーザーは即座に椅子から立ちあがり、息子をかたく抱きしめて言った。「そうだよ。もうきみには父親が、そしてぼくには息子がいるんだ。なにがあろうとそれは生涯変わらない」

その言葉と二人の表情が、いままでオリバーのために痛めてきたルイーズの心を優しく癒やしてくれた。だが、まだ安心はしきれない。シーザーが約束どおりオリーに愛情をそそいでくれることを信じるのは大きな賭けだ。オリーがあんなにも喜んでいるのだから信じるしかないけれど。

笑顔の人々の陰で、ルイーズは静かに警告した。

「もしオリーを悲しませたら、決してあなたを許さないから」

7

「そうそう、忘れるところだったわ、シーザー！　今日はあなたの家政婦も忙しくて気がまわらなかったんでしょうね。今朝、式のために礼拝堂に降りていく前に、彼女がメイドたちにあなたのご両親が使っていらした二部屋のベッドメークをしておくよう指示するのをたまたま耳にしたの」

シーザーの従姉は鼻に皺を寄せて笑ったが、ルイーズは表情を凍りつかせた。いま一族のおとなたちは寝る前に〝小さな〟――といっても充分広いダイニングルームで、ひと息ついているところだった。

「シニョーラ・ロッシったらほんとうに時代遅れよね。まあ、もともとあなたのご両親につかえていた家政婦だから、頭が古いのは仕方がないんでしょうけど。でも、あなたとルイーズが別々の部屋で休みたがるわけはないのにね！　だからわたし、ルイーズの荷物はあなたのスイートルームに移すよう言っておいてあげたわ。あそこのほうがご両親が使っていらした古めかしい部屋よりもずっと居心地がいいし。わたしとリカルドも結婚して最初にここにお邪魔したとき、シニョーラ・ロッシにあのお部屋を使わされたからわかるのよ」そう言うと、アンナ・マリアはあくびをかみ殺した。

ルイーズは唇をかすかに震わせながら、手にしていたグラスからブランデーをすすった。ふだんはあまり飲まないほうだが、アンナ・マリアの話から受けたショックをアルコールの力でやわらげたかった。

「二人とも疲れたでしょう。わたしも疲れちゃったわ」アンナ・マリアは彼女の動揺には気づかずにそう続けた。

ルイーズは従姉の善意のお節介をシーザーがどう受けとめたか知りたかったが、顔を見る勇気はなかった。

「男の子ってベッドに入ったとたん眠ってしまうのよね、ルイーズ？」アンナ・マリアがまた言った。

ルイーズは茫然(ぼうぜん)としたままうなずいた。

シーザーと結婚生活について話しあったとき、彼は両親が亡くなるまで代々公爵(ドゥーカ)とその夫人が使ってきた、中で行き来できる、それぞれに浴室と衣装部屋と居間がついた二つの寝室を使うことで、自分たちがセックスレスであるという事実はごまかせると言っていた。

実際にそこに案内してくれたときには、どちらの部屋も模様がえが必要だが、ルイーズが使う部屋は彼女が好きに変えて構わない、とも言った。そして、彼自身は模様がえがすむまでこれまでどおり自分のスイートルームを使う、と。確かにそういうことならふつうの夫婦関係があるように見せかけながら、実際には物理的に彼と離れていられると、ルイーズも同意したのだった。

だが、アンナ・マリアのせいで別々に寝ることはかなわなくなってしまい、ルイーズはシーザーのスイートルームで二人きりになったら憤りをぶちまけてやることにした。

しかし、いざシーザーの部屋に行ってみると、怒りよりも複雑な感情が胸にあふれだして、彼女は黙りこんでしまった。

初めてこの城(カステッロ)を訪れたとき、シーザーの部屋を見たいと言いはったのは父の恋人のメリンダだった。彼女はベッドに退廃的な黒い絹のシーツがかかっているのではないかと媚(こび)を含んだ態度でシーザーをからかい、結果的に一家は彼のプライベートな領域を見せてもらえることになった。そのときルイーズは彼の書斎兼執務室と続き部屋の寝室のシンプルさに拍子抜けしたものだった。その趣味のよさを理解するにはまだ若すぎたのだ。

いまルイーズが立っている部屋は羽目板が柔らかなブルーグレーに塗られ、もっと濃い同系色の敷物が大理石の床の寒々とした感じをやわらげている。革張りのモダンなソファーに大きな暖炉。暖炉の両側には書棚とサイドボードが置かれ、鎧戸が閉められた窓の下にはパソコンののった机があった。

オフホワイトの両開きのドアの向こうには寝室が見える。中の大きなダブルベッドは、二人で寝られるように上掛けが右側と左側から折りかえされている。

ルイーズはこらえきれずに大きく身震いした。

かつてあのベッドをシーザーとともにしたのだ。ともにした？　正確にはルイーズが押しかけたようなものだった。

当時は気づかなかったけれど、白いシーツは最高級品だ。記憶が障壁を打ち破って押しよせてこないように、いまはそうした細かなところに意識を集中したほうが安全だった。

ベッドの横のドアは大理石とガラスをふんだんに使った浴室で、反対側のドアは衣装部屋だ。

ここにいるのは心臓によくなかった。ここで、あのベッドで、オリーを宿したのだ。あのベッドで、シーザーに求められ愛されていると思いこみ、自分自身にも抵抗はおろか理解さえできない感情や欲望に流されてしまった。

いま視界の隅で、シーザーが夕食のために着ていたディナージャケットを脱ぎ、オフホワイトの革のソファーに無造作に放った。その動きでドレスシャツの生地がたくましい肩にぴったりと張りつく。ルイーズの心臓が大きく飛びはねた。

慌てて目をとじたが、そのとたんまぶたにシーザーの日焼けした体がよみがえった。ルイーズはその体に手を触れ、驚嘆したものだった。これほどかたい筋肉や力強い骨格でできた男らしい体が、どうしてこんなに柔らかな肌に包まれているのだろうと。

シーザーは彼女の愛撫に頭をのけぞらせて呻吟し、こらえきれなくなるとついに彼女の中に入ってきた。あのときの熱い喜び、深い充足感……。

過去に引きもどされてしまうのはこの部屋のせいだ。この部屋のせい。ほかに理由はない。

「いったいなぜアンナ・マリアはいらぬお節介をしたのかしら」

ルイーズの苦しげな声に、シーザーは彼女の顔を見た。

「よかれと思ってのことだ」穏やかに言う。「彼女はぼくたちが愛しあっていると信じているし、そう信じてもらうことがぼくたちの望みでもあるんだ。彼女はただ気をきかせてくれただけだ」

なぜその言葉がこんなにも胸に痛いの？

「しかし——」シーザーは言葉をついだ。「彼女の一家がローマに帰ったら、当初の予定どおり、部屋を移ろう」

わたしの胸はこんなに苦しいのに、どうして彼は平然としていられるの？

「彼女たちが帰るまでまだ三週間もあるわ！」

「ぼくだってこの状況を歓迎しているわけではないんだ」

「ほんとうに？」不安のあまり、ルイーズは皮肉るように言った。

シーザーの口調がたちまち険しくなった。「まさかぼくがアンナ・マリアに頼んで、きみがぼくと同じベッドで寝ざるをえなくなるように指示させたと思っているんじゃないだろうね？」

「もちろんそんなふうには思ってないわ」ルイーズは仕方なく言った。「ほんとうにそういう意味で言ったわけじゃないの」

「それじゃどういう意味だったんだ？」

恐怖にかられて口走っただけ――自分の記憶に恐怖心をかきたてられて。だが、そうは言えないから別の言い訳を口にした。

「あなたはみんなにわたしたちの愛が本物だと思わせることをすごく重要視しているから、やっぱり同じ寝室で寝たほうがいいと考えたんじゃないかと思ったのよ」

「確かに論理的にはそのほうがいい」

論理的！　わたしは自分の感覚に翻弄されて気が動転しているのに、彼は論理的に考えている。

「あなた、わたしにはわたし専用の部屋があるって言ったわ」

「そのとおりだ。しかし残念ながら、しばらくはきみもこの部屋で寝るしかない」

「あなたと同じベッドで？　そこまでしなければいけないの？」不安を抑えきれずに問いつめる。

シーザーは顔をしかめた。「いや。ぼくはソファーで寝る」

「三週間ずっと？」

「三週間ずっとだ。ただし朝メイドが掃除に来る前に、いっしょに寝たようにベッドを乱しておかなくてはならないが」

ルイーズはうなずいた。うなずく以外になにができるだろう？

「きみにとっては長い一日だっただろう。ぼくはこれからちょっと仕事をするよ」シーザーはそう言うとパソコンののった机のほうに移動した。

わたしったら背を向けた彼に、まさか落胆しているわけではないわよね？　今夜が結婚初夜でも、彼になにかしてほしいわけではないんだから！

ルイーズはドアのあいた寝室へと向かった。

中に入りかけたとき、シーザーの声がした。「まだ答えを聞いてない。きみはどうしてぼくがオリバーの父親だとお祖父さんに断言できたんだ？」

ルイーズは根が生えたように動けなくなった。かろうじてふりむくと、シーザーがじっとこちらを見ている。彼は自分がどれほどひどいことを言っているか気づいてもいないのだろう。

だが、ルイーズには彼の考えていることがわかっていた。傲慢にも、彼女がオリバーの父親かもしれない複数の男たちの中から自分を選んだと思って、批判する気なのだ。

ふいにプライドと怒りが自衛本能を打ち負かし、ルイーズはとめようもなく言っていた。「あなた以外にはありえないからよ。オリバーの父親として考えられるのはあなただけだったからだわ」

「ぼくの子だということにまったく疑念を持たなかったと？」

自分がなぜこんなふうに問いただしているのか、シーザーには理解できなかった。いったいなにが自分を駆りたてているのだろう？　これではまるで……まるでなんだ？　ぼく以外の男の子どもはほしくなかったとでも言ってほしいのか？

ルイーズは彼の声にひそむせつなげな響きには気づかず、自分自身の記憶と感情に反応していた。シーザーとベッドをともにしてから、わたしはあらゆる辛酸をなめてきた。それなのにいままた彼はわたしを批判する気でいる。怒りがふくれあがり、彼女は激昂して言った。「持つわけがないわ！　あなたがわたしの初めての相手だったんだから！」

シーザーがいま言われたことを理解するのに数秒の時間がかかった。

「バージンだったのか」その反応はルイーズの告白と同じほど簡潔だった。彼女の口調でそれが掛け値なしの真実だとわかっただけでなく、罪悪感が胸に突き刺さっていた。

なぜ気づかなかったのだろう？　あの晩の記憶の

どこをさらっても、ルイーズが臆病なバージンだったことを示すものはなにひとつなかった。彼女は情熱的に身を投げだし、熱にうかされたように彼に触れ、彼の欲望をあおりたてて自制心を打ち砕いた。あれは不慣れなバージンらしからぬ行動だった。だが、だからといってあれ以前に経験があったとは限らない。ただシーザーが気づかなかっただけだ。自分自身の葛藤が大きすぎて、ほかのことに気づくだけの余裕がなかったのだ。

シーザーが依頼した身上調査の結果は単純明快で、疑問の余地はなかった。彼の子を宿してロンドンに帰ってきてから、ルイーズに男の影はいっさいなく、どのような形であれ、彼女が誰かと性的な関係を持ったことは一度もないと調査員は断定していた。それをシーザーは子育てに追われ、人生を立て直すのに忙しかったからだと考えていた。だが、いまは別の観点から見直さざるをえない。ぼくのせいだったのか？　ぼくのせいで、彼女は性的な自己否定に走ってしまったのだろうか？

「バージンだったのか」シーザーは繰りかえした。その事実を頭では受けとめているかもしれないが、感情は荒れ狂っていた。「そんなことは――」考えもしなかった、と続けるつもりだったが、ルイーズは最後まで言わせてくれなかった。

「ありえない？」シーザーにかわり、彼女はそう締めくくった。「ところがありうるのよ。信じないならそれでも構わないけど、でも、少なくともそれでわたしはオリバーの父親が誰か断言できたのよ」

「しかし、きみは――」

「誰とでも寝る、あばずれだと思われていた？　ええ、そのとおりね。自分がそう見られ、後ろ指をさされていたことはわかっているわ。わたしは人気者になりたかった。みんなに注目されたかった。父の愛を独占するメリンダに嫉妬していた。父の気を引きたかったのよ。気を引くのに一番効果的なのは悪いことをすることだと小さいころに学んでいたから、悪い子になったけど、悪い子はバージンではいけない。それでバージンじゃないふりをして男の子たちを近づけ、父を怒らせようと思ったのよ」

「だが、きみはぼくには実際に誘いをかけた」

遅ればせながらルイーズは、自分が危険な話題に踏みこんでいたことに気づいた。昔の自分が愚かにも彼に愛されていると思いこんでいたことは気づかれてはならない。

「ええ。あなたがよく知られた立場の人だったから」

シーザーは眉をひそめた。いまにも答えられない質問を繰りだしてきそうな顔つきだ。

「あなたがわたしを求めれば、父はわたしを見直すはずだと思ったのよ。この地方で一番有力な重要人物が求めるほどの娘なら、父としても鼻が高いはずだとね。友だちの話を聞いたり映画を見たりして、経験豊富な女の子がどうふるまうかはわかっていたし」

シーザーは彼女から目をそらさずにはいられなかった。彼女がそんなに傷つきやすかったことに、ほんとうになぜ気づかなかったのだろう。その答えはすでにわかっている。彼女がほしくてたまらず、目がくらんでいたからだ。「もしぼくがきみを傷つけてしまったのなら……」

その言葉は思いがけずルイーズの心の鎧を突きぬけ、はやぶさのかぎ爪のように心臓をわしづかみにした。彼女が無垢だったことに気づかなかった責任をシーザーに負わせるのは簡単だけれど、ルイーズにはそんなことをする気はなかった。

「べつにあなたに傷つけられたわけではないわ」彼女は静かに言った。「わたし自身がああしたかったし、あなたにも同じ気持ちになってほしくて自分か

ら迫ったのよ。わたしたちが愛しあっているという
おとぎ話の世界に入りこんで。あなたを愛している
つもりになっていたし、父がわたしを愛せなくても
あなたは愛してくれると、愚かにも自分に言い聞か
せていたの」

そう、シーザーには傷つけられたのでなく、無上の喜びを与えられたのだ。あのときは生まれて初めて愛されていると信じられた。でも、そんなことは彼には言えない。

「むろんあなたの拒絶や父の怒り、それに自分自身の妊娠は想定外だったけれど」

こういうことは軽い調子で言うに限る。すべて過去のことなのだし、シーザーとの一夜を悔やむにはオリバーを愛しすぎている。オリバーがいたからこそ人生をやりなおせたのだ。

「父はわたしを見直すどころか、妊娠を知って勘当したわ。父も母も中絶しろと言ったのよ。そのときまで赤ちゃんが生まれるなんてまるで実感がなかったけれど、親に圧力をかけられて初めて中絶なんかできないと気がついたわ。そこで祖父母が助け船を出してくれたの。祖父母はほんとうに優しかった。わたしには過ぎた愛情といたわりを示してくれたわ。その恩に報い、祖父母を悲しませた罪を償うためにできるかぎりのことをしようとわたしは心に誓ったのよ。だから彼らとの約束をどうしても果たさなければならないの」

「今度の金曜に彼らの遺灰を埋葬する手はずを整えた。当日は村じゅうの人々が集まるはずだ」

「ありがとう」

シーザーは無意識に一歩彼女に近づいた。

ルイーズの心臓が恐ろしい勢いで早鐘を打ちはじめた。もしシーザーが手を伸ばしてきたら……手を伸ばしてわたしを抱きよせ……キスしてきたら……。

戦慄が体を駆けぬけ、痛いほどの欲望に全身がわな

ないた。

ルイーズが身震いしたのを見ると、シーザーはぴたりと足をとめた。彼女はぼくに近づいてほしくないのだ。全身でそう訴えている。

「もう時間も遅い」シーザーはぶっきらぼうに言った。「疲れただろうから、もう寝るといい」

ルイーズはうなずき、寝室と居間のあいだのドアを閉めた。今夜はシーザーの妻として過ごす初めての夜、結婚しているにもかかわらず、ひとりで眠る最初の夜だった。

8

喪服に身を包んだ短い行列の一員としてサンタマリア教会の墓地に入っていったとき、最初にルイーズの目がとらえたのは、いちいの木陰に厳粛なおももちでたたずんでいる大勢の村人たちだった。その最前列で司祭と並んでいるのはアルド・バラドだ。

シーザーが言っていたとおり、亡き祖父母はこの大勢の参列者を自分たちへの敬意の表れととるだろう。そして喪主として行列の先頭を行くのが黒いドレスの孫娘ではなく――優雅なドレスはシーザーが取り寄せた中からルイーズ自身が選んだものだった――ファルコナリ公シーザーであることをいっそう誇らしく思っているだろう。シーザーは遺灰をおさめた金色のつぼを手に粛々と歩を進めており、もうひとつのつぼは父親と同じきちんとした黒い喪服を着て彼の隣を歩くオリバーがしっかりかかえている。

彼らは姿勢や歩きかたまでそっくりだ。父親と息子。その後ろをルイーズは歩いている。場合によっては女は葬儀に出ることさえ許されない社会の、これが伝統なのだ。彼女の後ろはアンナ・マリアとその夫と子どもたち、それにおつきの村人数名が続いている。

正式な葬儀はロンドンの教会ですでにすませてあるので、今日は遺灰を永遠の眠りにつかせてやるだけだ。だがシーザーは墓地の中の新しい区画のほうではなく、ファルコナリ家の立派な霊廟に向かってルイーズを驚かせた。その扉はすでに開かれ、両側に生花が飾られている。

驚きに声もないルイーズにかわり、アルド・バラドが進みでて難詰するように言った。「もしやファルコナリ家の霊廟に？」声と態度に非難がましさが表れていた。

「もちろん」シーザーは共同体の頂点に立つ男らしく、頭をそらして答えた。ほかの者たちに尊敬される支配者らしく。

ルイーズはオリバーを身ごもってから成長したのは自分ひとりだけではないことに気がついた。いまふりかえると、若いころのシーザーが違った目で見えてくる。かつては地位を意識した傲慢さにしか見えなかったものも、実はわが身を守るための偽装だったのではないか？ひとりぼっちで父親の役目を引き継ぎ、人々の尊敬を集める責任ある立場に立たねばならなかったのだ。アルド・バラドのように隙あらば挑んでくるような、ひょっとしたら彼を父親の後継者としては力不足の若造と侮っていたような男たちに囲まれて、当時のシーザーはわたしにはとうてい理解の及ばない傷つきやすさを隠しもっていたのではないだろうか？

　そこに気づいたら、村の長老たちに嫌われ蔑まれていた娘とベッドをともにした事実が公になったときの影響の大きさを、彼が案じたのも無理はなかったのだと思えてきた。

　だが、いまルイーズの目に映っているシーザーは、威厳に満ちて堂々としている。自分で決断し、その決断を押し通すのを恐れてはいない。恥辱にまみれて苦しんだ亡き老夫婦を、ためらうことなく自分の力で高みに引きあげようとしている。

「彼らの孫娘がぼくと結婚し、ぼくの息子が彼らの血を引いているんだから、彼らはもうファルコナリ家の一員だ」シーザーがアルドにそう告げた。「だとしたら、ファルコナリの墓で眠ってもらうのが筋というものだろう？」

　確かにそのとおりだ。村人たちは感銘を受けている。ルイーズ自身もちょっと感動している。遺灰をファルコナリ家の墓に埋葬することで、シーザーは祖父母を誰からも非難されない立場に置いてくれたのだ。現代女性としては、そうした旧弊な男性優位の価値観に異議を唱えるべきだろうが、祖父母の孫としては、彼らがあんなにたいせつに思っていた伝統を否定することなどできなかった。それに、そのあと自分の役目を完璧に果たしたオリバーを見たときに、母親として誇らしさを感じたことも否定はできなかった。オリーは父親の顔を見あげ、シーザーが笑顔で軽く腕に手を触れると、その反応に勇気づけられて立派に務めを果たしたのだった。

　埋葬の儀式がすむと、全員が村の広場に向かった。広場のオリーブの木陰ではテーブルが広げられ、ビュッフェ形式の料理が手早く並べられた。

　村の女たちはシーザーの妻となった女を無言のうちに値踏みするような目で観察していたかもしれないが、オリバーに対する彼女たちの反応は見間違えようがなかった。

「どこから見てもお父上そっくりだわ」ある年配の女性は好ましげに言った。「ファルコナリの血を見事に受け継いだわね」

実際オリバーは父親そっくりで、父親といっしょにいられることを心から喜んでいた。

「親子そろって幸せそうだわ」木のベンチに座って村人と交流するシーザーとオリバーを眺めていたルイーズのところに、アンナ・マリアがやってきて、隣に腰かけた。

ルイーズはうなずいた。二人いっしょのところを見ているだけで、平和で満ちたりた気持ちになれる。自分自身の感情がどうあれ、オリーのためにはシーザーと結婚して正解だった。もうオリーがうつむいたり、突っかかってきたりすることはない。いまのオリーは誇らしげに顔をあげ、ルイーズにも優しくなっている。シーザーの庇護（ひご）を受けて立派に成長した姿が、いまから垣間見えるようだ。シーザーは確かにオリーを愛しているのだから。わたしに対しては愛情などないとしても。

まるで心臓をひと突きされたような痛みに見舞われ、ルイーズは思わず胸に手をやった。この痛みはどこから来るの？　いったいなぜ？　わたしはシーザーに愛されたくなんかないわ。わたしだって彼を愛してはいないのだから。こんなに胸が痛むのは過去の感情がよみがえっているだけ。その感情は現在とは関係ない。現実にいま存在する感情ではないのだ。遠くの山々のいただきにかかる朝霧が、現実には存在しない眺めを作りだしているようなものだ。それとも逆かしら？　現実に心を占めている感情を隠すため、必要なものを利用しているの？　違うわ！　わたしが心の底ではずっとシーザーを愛しつづけてきたなんて、考えるのもばかばかしい。時間の中で凍りついていた愛が、彼と再会したとたん息を吹きかえしたなんて。

「ちょっと顔が青いな。大丈夫かい？」

ぞっとするような考えにとらわれていたところに突然シーザーが現れ、ルイーズは思わず体を引いた。

「大丈夫よ」そう答えた声がかたすぎて、シーザーは眉をひそめた。

「しかし大丈夫そうには見えないぞ。まあ、きみにとってはたいへんな一日だったんだろうが」

それはもう彼の想像以上にたいへんだけれど、その理由は彼が考えているものとは違う。確かに祖父母の遺灰の埋葬でさまざまな思いが胸に入り乱れはしたが、使命を果たした達成感や無事にすんだという安堵感、それにオリーを誇らしく思う気持ちで心は高揚していた。そう、自分を無力で孤独と感じてしまうのは、遺灰を埋葬したせいではない。頭の中から絶えずささやきかけてくる危険な考えのせいなのだ。

長い一日が終わっても、うずくような頭痛はいっこうにおさまる気配がなかった。子どもたちはすでにベッドの中で、オリバーにいたっては今日一日で父親とどんな話をしたかを楽しげに報告している途中で眠りこんでしまったほどだ。いまルイーズも、あくびをしながら浴室からベッドに向かうところだった。シーザーはまだ階下でアンナ・マリアと、オリーをローマに観光に連れていく話をしている。自分が部屋に戻る前に、わたしをベッドに行かせようという作戦だ。もちろんそのように気遣ってくれてわたしはほっとしている。彼がいっさい誘惑してこないことにも。

だけど、彼もいずれ男の欲求を満たしてくれる愛人を囲うようになるのだろうか？　そう思ったとたん怒りが燃えあがり、ルイーズはベッドのそばでぴたりと動きをとめた。なぜそれがこんなに腹立たしいの？　オリバーのためだわ。オリバーにこの社会ではそんなことが許されるなんて思わせたくないのよ。嘘つき。内なる声が彼女を嘲った。嘘つき。

また頭がずきずきしてきた。

熱い紅茶を飲みたい、とふいに思う。このスイートルームの居間には小さいが設備の整ったキッチンがついていて、シーザーは遅くまで仕事をしているときにメイドをわずらわせないよう自分でお茶などいれている。

彼がそんなふうに使用人たちに配慮しているというのも意外だったわ、と心につぶやきながら、ルイーズはシルクのネグリジェの上に対のガウンをはおり、居間に戻ってキッチンに向かった。

最初アンナ・マリアに、シーザーからイタリアの一流デザイナーの手になる服を取り寄せてルイーズに選ばせるよう頼まれたと聞かされたとき、ルイーズは必要ないと断ろうかと思った。服なら自分のものがある。だが、これからは新たな役を演じ、新たな仕事をしなくてはならず、その仕事にふさわしい服が必要になってくる。それでもルイーズは自分で選ぶのを放棄したので、このきれいなネグリジェとガウンのセットをワードローブに加えてくれたのはアンナ・マリアだった。

キッチンの戸棚を見ると、誰かがイギリスの紅茶のティーバッグを入れてくれていた。おかげでルイーズは五分後には熱い紅茶をすすりながら、寝室に向かいかけていた。だが、シーザーが突然スイートルームに戻ってきて、彼女はその場に立ちすくんだ。

彼がこのスイートルームの中の〝自分の〟領域に入りこんでいるルイーズを見て不快に感じていることは、そのしかめっつらが物語っていた。

「ごめんなさい」ルイーズは謝った。「ちょっと紅茶を飲みたかったの」それからまたそそくさと寝室へと足を進めたが、ついでに言わずにはいられなかった。「今日は祖父母のためにいろいろとありがとう」

「彼らのためではないよ」

まるでそれを認めるのが不本意であるかのような、その言葉が自分の弱い一面を露呈しているかのような、そっけない口調だ。だが、そんなはずはない。シーザーは自分のやりたくないことをしたり言ったりするような男ではない。

いったいどういう意味なの？　わたしに自分の弱さを知ってほしいの？　祖父たちをファルコナリ家のお墓に入れてくれたのはわたしのためだったということ？　なぜ？　過去を償うため？　それともわたしを喜ばせるため？　それとも……わたしがほしいからなの？

いやだ、わたしったらまさか本気でそんなことがありうると思っているの？　だとしたら考えなおすべきだわ、とルイーズは思った。

「そうね、祖父母のためではないんでしょうね」彼女もシーザーに負けず劣らずのそっけない口調で言った。「あなたにとってたいせつなのはファルコナリの家名、ファルコナリ家の立場だけですものね」

「オリバーのことを考えなければならないんだ」シーザーはそれだけ言った。

「オリバーはあなたによく似ているわ」ルイーズは思わず言った。「今日は何人の人にそう言われたか思い出せないくらいよ」

「きみはこれまでほんとうによく育ててくれた」

お世辞？　シーザーが？

驚いたルイーズはつい本音を吐露していた。「あの子に昔のわたしと同じ思いを味わわせたくなかったのよ。オリーには愛されている安心感を与えてあげたかったの。愛されなくなる不安など決して感じさせたくなかった」

「だからこれまで一度も男を——恋人を、作らなかったのか？」

ルイーズは動揺を隠すために紅茶をひと口飲んだ。なぜ彼がそこまで知っているの？

「そんな質問に答える義理はないわ」そう言い捨て、再び寝室に向かう。

「だが、事実きみに恋人はいなかった。ぼくの前にも、ぼくのあとにも」

質問ではなく断定だ。ルイーズは自分がひどく傷つきやすくなっているように感じて、彼の前から逃げだしたくなった。だけど、どうして？　パートナーなど求めずにセックスレスで生きていこうと決めたのは、シーザーではなくオリバーのためだったのに。

ルイーズが黙りこくっていると、シーザーは言った。「オリバーのことを知ったあと、ぼくは調査を依頼して――」

「わたしのことを調べたのね？　こそこそとわたしの身辺を……なにか匂いはしないかとかぎまわらせたのね？」

声に怒りがあふれていた。シーザーはルイーズを喜ばせたかったのに、彼女は侮辱されたかのように憤慨している。

「仕方なかったんだ」シーザーは弁解した。「ぼくのような立場の人間は――」

「ああ、そうね、あなたの立場はほかのあらゆるものに優先するのよね」

「自分のためではなく、人々のためなんだ」彼は言いつのった。「ぼくの死後にはオリバーが彼らの公爵(ドゥーカ)になるんだから」

「それはわかっているわ」ルイーズはカップを置き、シーザーに向き直った。「だけど、あの子に称号だけ継がせてよしとしてほしくはない。わたしがこの偽りの結婚に応じ、あなたと夫婦を演じることに同意した理由はただひとつ、オリバーに父親との絆(きずな)

を——」

「きみ自身は感じることのできなかった父親との絆を、オリバーには実感させてやりたい。気持ちはわかる。ぼくもオリバーが父親の愛情を疑いたくなるようなことは決してしないと約束する。こんなことはぼくが宣言しなくてもわかっているはずだ。だからこそぼくとの結婚に同意したんだ」

「わたしに選択の余地はなかったのよ！　あなたはもしわたしが同意しなかったらオリバーを連れ去ると脅したわ」

「彼はぼくの息子だ」

「わたしたちの息子よ」ルイーズはそう言いつつも、確かにシーザーの息子なのだと認めていた。

その現実は、二人がいっしょにいるところを見ただけでも痛いほど胸にしみている。オリバーはすっかりシーザーになつき、彼と笑ったり冗談を言いあったり、この短い期間で父と息子ならではのつながりの強さをルイーズに見せつけてきた。いまさらオリバーを父親から引き離すことはできない。だが、それでもルイーズは怒りを感じていた。強い怒りを。

「その調査でほかにどういうことがわかったの？」挑むように言う。「どうせわたしがいい母親ではないことを証明するための調査だったんでしょ？」

最初はそういう結果が出ることを望んでいたとしても、その望みは報告書を読んだとたん同情と自責の念に追いやられていた。

「わかったのは自分が許しがたい判断ミスをしたということだ。きみが父親につらくあたられていたことを知り、ぼくにああいう態度をとったのはそのせいだったとわかったんだ」

その言葉はルイーズの子ども時代の不安をよみがえらせ、いまなお胸をえぐる力を持っていた。親が愛してくれないのは自分のせい、自分が至らないせいなのだというみじめな考えは、カウンセリングを受けたり心理学を学んだりすることで解消できたはずなのに、いまもその痕跡は心のどこかに歴然と残っていた。

「同情は結構よ」ルイーズはぴしゃりと言った。「家族が機能不全に陥る原因は、誰かひとりのせいにできるほど単純なものではないわ。あなたももう知っているんでしょうけど、わたしの父親は不本意な結婚で親になってしまったのが腹立たしくて、くやしかったのよ。わたしを拒絶したのも無理はないわ」

反論できるものならしてごらんなさいと目が挑発している。ほんとうにプライドが高く、強い女性だが、同時にとても傷つきやすい。シーザーは彼女を抱きしめて言ってやりたくなった。

だが、なにを言うのだ？　ぼくたちは幸せな家庭を築こう、と？　きみがほしいと？　きみを忘れたことはなかったと？　ずっと気持ちを抑えてきたけれど、いまでも心の中ではきみがほしくてしようがないのだと？

シーザーの煩悶には気づきもせず、ルイーズはプライドで自分自身を守りながら言葉を続けた。これまでに彼女を拒絶したのは父親ひとりだけではなかった。

「もしわたしがもっとかわいげのある素直な子どもで、父に恥をかかせたり困らせたりしなかったら、事態は違っていたかもしれないわ」

古い習慣とはなかなか抜けないものらしく、専門教育を受けたにもかかわらず自分が昔と同様、自分自身を悪者にして父をかばっていることをルイーズは自覚せずにはいられなかった。もちろんシーザーはこの仮説には同意するだろう。十年前のあの夏、父が彼とかわした怒りと狼狽の視線はいまも忘れられない。二人の男はどちらもルイーズとはかかわりたくなかったのだ。

「きみの父親が恥じるべきは彼自身だ。彼はきみに対して恥ずべきことをしてきたんだ。そしてそれはぼくも同じだ」

強い調子で発せられたその言葉に、ルイーズは思わずシーザーの顔を見た。そんな言葉を彼が口にするとは想像もできなかったから、頭が混乱し、逃げだしたくなると同時にその言葉にすがりつきたいという危険な考えにとらわれた。彼が本心から自分をいたわってくれるはずなどないのに。

「わたし……もうその話はしたくないわ」

気持ちをさらけだしてしまいそうな不安から逃れたくて、シーザーに背を向け、ドアがあいたままの寝室に向かう。だが、その前にシーザーがまわりこんで立ちふさがった。

「ルイーズ」

心臓が高鳴りだした。こんなに近くに立たれては彼を意識しすぎてしまう――意識したくないものまで。彼の男らしさやにおい、それに自分の体の奥の抑えきれない情熱の炎まで。

ルイーズは横をすりぬけようとしたが、シーザーに腕をつかまれ、次の瞬間には抱きしめられて熱いくちづけを受けていた。まるで彼女は自分のものだと主張するようなくちづけを。ルイーズは思わずキスを返しながら夢中で彼にしがみつき、たくましい腿やその腿のあいだのこわばりを感じた。

狂おしい飢餓感にかられて唇を開き、官能的な舌を受け入れる。記憶にあるとおりの喜びがルイーズの体を震わせ、シーザーの下半身と同じリズムで激しく心臓を脈動させはじめた。あの晩のように彼に触れ、抱かれたかった。指と唇で彼の体を愛撫し、自分も同じように愛撫されたかった。

抑制のきかない欲望があらゆる抵抗を蹴散らしていく。これまでに学んできたはずのこともすべて忘れ、シーザーが火をつけた情熱にひたすら身を焼かれている。

「ルイーズ」

唇をあわせたまま呼びかけた彼の声は、まるで彼女以外なにもほしくはないかのように熱を帯びている。それがルイーズの中の炎をさらにあおりたてた。

シーザーは彼女のガウンをはだけさせ、ネグリジェの肩紐をおろして、胸のふくらみを指にとらえながら、白い肩に唇をはわせた。十年近いブランクがあったのに、ルイーズの体は彼に教えられた快感をひとつひとつ思い出し、忠実に再現しはじめている。かたくとがった胸のいただきを口に含まれ、彼女はわれ知らず声をあげた。これをずっと恐れ、ずっと求めてきた。この感覚を、シーザーを。もういまからとめるのは不可能だった。

シーザーが頭をもたげて目をのぞきこんでくると、ルイーズは彼のシャツのボタンをはずし、その熱い肌に触れて甘い声をもらした。最初はおずおずと、だが彼が歯を食いしばってうめくと、大胆に撫でていく。自分が感じているうずきを彼にも感じさせたかった。彼にされたのと同じように彼に触れ、その体を見たい……。

体の芯で熱く渦巻く欲望が、彼にまた拒絶される前に得られるかぎりの喜びを貪りつくせとルイーズをせきたてていた。だが、頭の中の声は注意を促し、傷つくだけだと警告している。ルイーズはその声を無視した。長いあいだ抑えてきた切実な欲求を満たすため、それを妨害しそうなあらゆるものを体はしゃにむにはねのけていた。

経験ではなく本能に促され、シーザーの鎖骨に沿ってくちづけをしるしていくと、たくましい体が大きく震えた。ルイーズは彼のベルトに手をかけ、胸の鼓動を高鳴らせながらゆっくりと時間をかけてはずしはじめた。彼がとめたければとめればいい。だが、彼はとめようとはしなかった。

やがて思いのほか柔らかな体毛が指先に触れ、たけだけしく屹立したものが彼女自身の脈とまったく同じリズムで鼓動をきざんでいるのが伝わってきた。

「シーザー……」

その声はかすかなささやきにしかならなかったが、それで充分だった。シーザーはやにわに彼女を抱きあげ、ベッドに運ぶと二人の服を取り去った。

そして柔らかな胸を片手で包みこみ、唇から喉もと、さらには肩へとじらすようなキスをしていく。彼の舌がすでに過敏になっていた胸の先に到達したときには、彼女は思わず抗議の声をあげた。「だめ！　もう耐えられない！」

シーザーは顔をあげて彼女を見た。

「さっききみに触れられてぼくがどう感じたか、これできみにもわかっただろう」欲望に声がかすれている。「ぼくがどれほど興奮し、どれほどきみを求めているか」

そう言うと胸から下のほうに唇をはわせていく。ルイーズはすでにうるおい、熱く脈打っているところへ、その熱気をしずめようととっさに手をやった。

だが無駄だった。その指のあいだからシーザーはキスをして、彼女をあえがせた。シーザーに手をどけられたときにはもう抗うことも抗議することもできなかった。

繊細な指の動きに身をよじって彼の名を叫ぶ。一番敏感なところに舌を感じると、なすすべもなくもう許してと哀願したが、シーザーはそれを無視して彼女をはるかな高みへと追いたてていく。まるで彼女のすべてを要求しているかのように。彼女の愛を自分のものにしようとするかのように。

わたしの愛。

わたしはシーザーを愛している。

たとえようもなく。

ルイーズは瞬時にして動きをとめ、それから乱暴にシーザーを押しのけると、震える手で自分の服をかき集め、彼には目もくれずに浴室に逃げこんだ。ドアをロックし、そのドアに寄りかかる。痛いほど動悸がして、心臓が破裂しそうだ。

遅ればせながら、胸の悪くなるような恐怖がじわじわと心に広がった。彼を愛してはいけない。ベッドをともにすることはおろか、手を触れることさえ許すべきではない。あのまま抱かれていたら、愛の言葉を口走ってまた屈辱的な思いをするはめになっていたに違いない。

ドアの向こうから自分を呼ぶ声が聞こえた。彼女の名を呼び、出てくるよう言っている。

「だめ」ルイーズは言った。「わたしに手を出すのは契約違反だわ」

そのとおりだ。それはシーザーにもわかっていたが、いまはどうしようもなく彼女がほしかった。それに彼女のほうだって同じ気持ちだったはずだ。

「きみもぼくと同じように求めていたはずだ」

「そんなことないわ」ルイーズは言ったが、それは嘘だった。

いまも彼を愛している。あるいはまたあらためて愛してしまったというべきか。だが、彼のほうには愛情はない。

シーザーは寝室に放りだされたままのルイーズのガウンを拾いあげ、その香りを吸いこんだ。まだ体が彼女を求めてたけり狂っている。彼女も口でなんと言おうが、ほんとうはぼくがほしかったのだ。

だが、それは単に体だけのこと。それに比べ、ぼくがルイーズに感じているのは性的な欲望だけではない。この気持ちはもしや愛なのではないか、とシーザーは絶望的な気分で心につぶやく。だが、それは十年前、自分が彼女に感じることはないと切り捨てたはずの愛だった。

9

「ほんとうに行かないの、ルイーズ？　まだ間にあうわよ。あなたの荷造りができるまで、待っていてもいいのよ」

午後二時、玄関ホールには子どもたちとアンナ・マリアと彼女の夫、それにシーザーが集まって、三日間のローマ旅行のため、自家用機が待つ空港へと出発しようとしていた。

「ほんとうに行けないのよ」ルイーズはアンナ・マリアに答えた。「書類をしあげてロンドンに送らなくてはならないから」

これは嘘ではないけれど、かつての雇い主が最後の報告書の提出をいくらでも必要なだけ待ってくれることはわかっていた。ほんとうはシーザーがいっしょだから行きたくないのだ。彼は親子三人で同じ部屋を予約してくれたが、それでも三日間そばにいるのは耐えられそうもなかった。

シーザーのほうは人前で愛情豊かな夫を演じるのに必要な、ちょっとしたスキンシップも平然とできるのだろうが、ルイーズにはとうてい無理だ。手の届くところまで距離が縮まったら、制御不能の力に操られるかのように体が反応してしまう。実際に操られているのだ。愛という力に。わたしはほんとうにオリーのためだけに結婚したのだろうか？　ひょっとしたら心の奥底に隠れていた感情をひそかに予見していたのではないだろうか。彼に触れられ、キスされたら、狂おしく反応してしまうことを。そう考えると平静ではいられず、どれほど軽いスキンシップにも自分の中の残り火を再燃させられるのではないかと不安になってしまう。

こんな気持ちになるのは実に屈辱的だった。シーザーに拒絶されたあのときと同じくらいに。もう彼に愛してほしくてすがりついたあのときの自分には戻りたくなかった。いまのわたしにはオリーがいる。

確かにシーザーはわたしを抱こうとするかもしれない。ほんの退屈しのぎに、わたしはただ抱かれるだけではいやだ。彼の愛がほしいのだ。

わたしがローマに同行しないことをシーザーが不服に思っているのは明らかだ。いまこちらに向けているしかめっつらからして、仕事があるから行けないというのはただの口実だと見抜いているような気がする。だけど、なぜ口実をつけてまでして行こうとしないのかはわかっていないのではないだろうか？　わかっていないと思いたい。

彼を愛しているという衝撃的な事実に気づいてまだ三日しかたっていないけれど、この三日間はまるで拷問だった。可能なかぎり彼を遠ざけるため、できることはなんでもした。

シーザーへの思いを自覚したあの晩、自分がいかに彼に弱いか思い知らされたのだ。今度彼に触れられたら、もう感情を抑える自信はない。いったいどうしてこんなことになってしまったのだろう？　彼を思って悶々と眠れぬ夜を過ごしているのに、その気持ちを知られるのをこんなに恐れてしまうなんて。それは彼のほうには愛などないことがわかっているからだ。

「どうしても無理なら仕方がないわね」

「ええ、残念だけど」ルイーズはそう答えてシーザーの従姉と抱擁をかわし、オリーが同じように母親と抱きあおうと近づいてくるのを見ると頬をゆるめた。オリバーは人前で母親と触れあうのを拒む年ごろに差しかかっていたけれど、シーザーが現れて以来また積極的に愛情表現をするようになっていた。

「ママもいっしょに行けたらいいのに」オリーは言

った。

「パパと二人で過ごす時間も必要よ」ルイーズは息子を元気づけるようにほほえんで、本心から言った。

「すばらしい気遣いだ」自分が別れの挨拶をする番になると、シーザーは小声で皮肉るように言った。

「しかし、ほんとうはぼくとオリーに二人だけの時間を与えるためでなく、ぼくとの距離を保つためなんじゃないかな」

「わたしを非難しているの？」

「ぼくがきみは母親であると同時にひとりの女なのだと教えてやったからか？」

「新婚カップルはいいわね。甘い言葉をささやきあって」アンナ・マリアがからかうように言った。

シーザーは逃がすまいとルイーズの二の腕をつかんで顔を寄せてきた。唇を触れあわせるだけの軽いキスだが、それでもルイーズは彼の首に両手をまわして抱きつきたい衝動を懸命にこらえなければならなかった。

シーザー自身もいま離れなかったらこのままベッドに彼女を運び、彼がほしいと認めさせるまで激しく愛してしまいそうだった。だが、なんとか体を引き、ルイーズから離れた。

自分がこんなにも彼女を求めているとは衝撃的だった。彼女を腕に抱いた瞬間、初めてのときに戻ってしまうのだ。いまもあのときと同様、とめどなく押しよせる欲望に悩まされている。なぜだ？　なぜルイーズだけがこれほどぼくを惑わすのだろう？男の心にここまで飢餓感をかきたてられるのはやはり愛だけではないのか？

しかし、ぼくは道理をわきまえた一人前のおとなだ。自分が忌避すべきさまざまなものを体現した少女に恋をして、それから何年も自分自身気づかぬまま愛しつづけてきたなんて、とても考えられないだろう？

いや、ほんとうに考えられないか？　彼女の祖父からの手紙を読んだときの、胸が締めつけられるようなあの感覚を忘れたのか？　あの手紙に書かれていることを理屈抜きで真実だと信じたのは……単にそれが自分に息子がいることを示すものにすぎなかったからではないだろう？　ルイーズと再会するまでは、彼女のような女性に自分の子どもを産ませるべきではないと思っていたけれど、実際にはあの手紙を読んだとたん喜びで胸が締めつけられそうになったではないか。

ルイーズ。シーザーは彼女に向き直ったが、彼女はもう顔をそむけ、彼を拒絶していた。寝室で、彼を求めながらも拒絶したように。

ふいに離れがたくなって彼女のほうに足を踏みだしたが、そのときオリバーがせかした。「行こう、パパ」シーザーは仕方なく自分を待っているグループに加わった。

ルイーズは顔に笑みを張りつけ、走り去る二台の車に手をふった。見えなくなるまでその場に立ちつくして。

空港までは車で一時間以上もかかった。シーザーの車には、オリバーやオリバーと一番年の近いアンナ・マリアの息子カルロが同乗し、アンナ・マリアとその夫は残りの子どもたちと同じ車に乗っていた。オリバーが後部座席でカルロと楽しそうにしゃべっているとき、カルロがふいに言葉を切って後ろの山並みの上に立ちこめる黒っぽい雲にオリバーの注意を引いた。

「ほら、あの雲！　ああいう雲が出たら、お城(カステッロ)じゃ土砂降りになるんだよね、シーザーおじさん？　雨が降って、すごい雷が落ちるんだ！」

シーザーがルームミラーに目をやると、確かに山のほうに雷雲が立ちこめていた。あれはきっとカステッロの上を通過するだろう。

「去年、木に雷が落ちたときのことを覚えてる?」シーザーの返事を待つことなく、カルロはオリバーに向かって続けた。「すごい迫力だったんだよ。シーザーおじさんの話だと、ときどきカステッロに落ちることもあるんだって。一回見てみたいな。そうは思わない?」

オリバーはうなずきはしたものの、顔が青ざめていた。ちょうど空港に着いたところで、シーザーは自家用機の搭乗受付デスクに向かいながら眉を寄せた。雷の話を聞いて、オリーはおびえてしまったようだ。シーザーは、心配いらない、自分たちにはなんの影響もないと安心させてやりたかったが、オリーがおびえていることにカルロの注意を向けさせたくはなかった。確かにこの時期は雷が多いけれど、それは山のほうだけだ。

車を降りたときから彼はオリーを守るように肩に手を置いて歩いていたが、カルロが両親のところに行くのを待って優しく言った。「怖がらなくても大丈夫だよ。ぼくたちのところにまで嵐が来ることはない」

「雷を怖がるのはぼくじゃないんだ」オリーは答えた。「ママだよ。ママは雷が大嫌いなんだ」

ルイーズが雷を怖がるって? とたんに彼女を守ってやりたい気持ちがわきあがり、彼女に対する思いの深さを再認識させられた。

「カステッロにいればママは安全だよ。あの城は古くからあそこに立っていて、ひどい嵐や雷雨に何度も耐えてきたんだから」

だがオリバーは安心したようには見えなかった。耳まで赤くしてうなだれている。

「でも、ママはほんとうに怖がりなんだ。怖くないふりをしても、ぼくにはわかってる。前に一度見ちゃったんだ」

「なにを見たんだ、オリー？」

オリバーがあまり心配そうなので、シーザーは事情を確かめずにはいられなかった。ましてルイーズにかかわることならなおさらだ。

「誰にも言わない約束なんだよ。ママはぼくに見られたことを知らないし、ひいお祖父ちゃんが誰にも言うなって。でも、パパなら話してもいいよね？」

オリバーはシーザーをじっと見あげた。

「ああ、パパには話していいんだよ。だってママを守るのはパパの役目なんだから。雷が嫌いな人はごまんといる。べつに恥ずかしいことではない。カステッロに電話して、外が見えないよう鎧戸を閉めさせたらいいんじゃないかな？」

オリバーは首をふった。

「よけい怖がっちゃうかもしれない。二年くらい前にロンドンですごい雷雨になったとき、ママは……ママはすごく怖がって……震えながら泣いてたんだ。ひいお祖母ちゃんがママの寝室でずっと抱きしめてあげてた。そのときにひいお祖父ちゃんからママにも誰にも言うなって言われたんだ。ひいお祖父ちゃんの話では、ママが子どものときのことが原因なんだって。庭で遊んでいたら雷が木に落ちて、びっくりしたママは泣きながら家の中に駆けこみ、お父さんのところに飛んでいったんだ。ところがママのお父さんは忙しいんだと言って怒り、泣きやまないママを雷が遠のくまで階段下の戸棚にとじこめたんだって。それ以来ママは雷を怖がって、ひとりのときに雷の音がすると、暗くて安全なところに逃げこむようになったんだ」

シーザーは息子を抱きよせ、つかの間目をとじた。おびえるいたいけな子どもに、ルイーズの父親はなんと残酷な仕打ちをしたのだろう。

「でも、カステッロではママがひとりぼっちになることなんかないよね？」

「もちろんだよ、オリバー」

シーザーはオリーを放すと、従姉のほうへ近づいていった。

「カステッロに戻らなければならなくなった」彼は手短に伝えた。「ローマにはぼく抜きで行ってくれ。オリバーもいっしょに」

「ルイーズを説得しに戻るのね？」アンナ・マリアはにっこり笑った。「やっぱり彼女を置いてはいけないみたいね。いいわ、行きなさい。オリバーのことは心配いらないわ。ちゃんと面倒みるから任せてちょうだい」

シーザーは小さくうなずき、息子のもとに戻った。

「ママの様子を見に、カステッロに戻ろうと思う。きみはみんなといっしょにローマに行きなさい」

「ぼくが話したこと、ママには黙っててくれる？」

オリーは心配そうに尋ねた。

「ああ、黙ってるよ」シーザーは息子をぎゅっと抱きしめてから、車に戻っていった。

前方には雷雲がもくもくとわきあがり、すでに暗くなっていた空を稲妻が切り裂いた。遠く雷鳴も聞こえている。カステッロに電話を入れてみたが、応答はない。こういうときに電力の供給が絶たれ、携帯電話もつながらなくなることは珍しくなかった。

シーザーは激しい雷雨のもたらす壮大な眺めが大好きだが、だからといってルイーズの恐怖を想像できないわけではない。ましてオリバーからあのような話を聞いたあとでは。彼女の父親については知れば知るほど怒りがふくれあがっていく。

ルイーズがいまこの瞬間にも怖がっているかもしれないと思うと、アクセルを踏む足におのずと力が入った。

雲は突然現れて、山の上の澄んだ青空を灰色に、さらには真っ黒に塗りかえていたが、ルイーズが恐怖を感じたのは最初のかすかな雷鳴を聞いたときだった。

不安になって部屋から部屋へと移動し、すべての窓を——とくに山が見える窓をチェックする。脈は速くなり、恐怖ゆえにアドレナリンが体内を駆けめぐり、胃がざわめいて吐き気すら感じていた。

大広間では反対方向から来た家政婦とでくわした。

「わたし、ちょっと二階で休みますので、起こさないでくださいね」ルイーズは言った。

「かしこまりました。どうぞゆっくりお休みください」家政婦は優しく言い、またも鳴り響いた雷の音に吐息をもらした。「大荒れでうるさいこと」そうつぶやくと、大広間をあとにする。

ルイーズは昔を思い出して、自分の恐怖心を恥ずかしく思った。庭の木が雷の直撃を受けるのを見て、泣き叫びながら父の部屋に走った。父の腕に抱きしめられて、安心したかったのだ。だが、仕事中だった父は邪険に彼女を押しのけ、騒ぐなとどなった。その瞬間フランス窓の外がまた光り、すさまじい音が部屋を揺るがして、ルイーズは声をかぎりに絶叫した。

半分ヒステリー状態に陥った娘にかっとなり、父は彼女を階段の下の戸棚に引きずっていった。ここで頭をひやせと命じ、突きとばすように中に押しこむと鍵をかける。ようやく出してくれたときには、八歳にもなるのに情けないと言い捨てた。

この経験によってルイーズは雷だけでなく、雷に対する自分の反応も恐れるようになった。父にたいへんな剣幕で怒られ、半狂乱になった自分を恥じたのだ。あんな醜態はもう決して見せられなかった。のちにカウンセリングを受けたにもかかわらず、雷や雷に対する自分の反応を恐れる気持ちはいまだに克服できていない。だから皮肉なことに、雷をやりすごすには、他人に取り乱したところを見られずにすむ、どこか暗い密室にとじこもる必要があった。そしてこのカステッロで彼女がとじこもれるのはシーザーのスイートルームだけだった。

　階段をあがり、いくつも窓が並ぶ長い回廊を足早に歩いていると、窓から窓へと閃光が走って、駆けだしたい衝動と闘っている自分を嘲っているような気がした。暗い空を引き裂く稲妻を見るのが心臓に悪いことはわかっていたが、目をそらすこともできない。外の華々しい光景に目をすえたまま、ルイーズは黙々と歩きつづけた。

　スイートルームの居間にほのかに漂うシーザーのコロンの香りは、一瞬彼女の注意をそらしてくれた。その香りを吸いこみながら、彼がいてくれたらという思いを払いのける。もしいたとしても、シーザーの反応は父とたいして変わらないだろう。シーザーがこういう弱さに寛容だとはとても思えなかった。

　居間の窓からは、中庭の照明がちらついているのが見えた。その明かりが暗くなったかと思うと、また息を吹きかえしたが、それもすぐに目のくらむような稲光にかき消されてしまった。ぱっと銀色に照らしだされた居間の鏡に、恐怖でこわばった自分の顔が映る。もうじき雷はこの城の上に来るだろう。そして庭の樫の木が雷に打たれ、次は自分の番だとおののく、あの恐怖の瞬間が再現されるのだ。

　ルイーズはベッドに目をやった。カーテンは閉まっていても、恐ろしい稲妻が脳裏にちらつく。落雷の音の間隔が縮まって、数秒ごとになると、彼女は安全な避難場所を求めてはじかれたように衣装部屋に駆けより、扉をあけた。

　窓のないその部屋は、扉を閉めれば真っ暗になるのだろうが、いまは中のソファーが見えている。シーザーのベッドがわりのソファーだ。この部屋も居間と同様彼のコロンのにおいがかすかに漂っていた。

　そのにおいがなぜ自分の脈を速め、同時に恐怖をなだめてくれるのか、ルイーズにはさっぱりわからなかったが、小さかったときのオリーがお気に入りの毛布にくるまって安心感を求めたように、いまは彼のにおいに包まれていたかった。

扉を閉め、暗闇の中、見当をつけて震える足でソファーのほうに歩いていく。また雷が、今度はほとんど真上で鳴り響き、ルイーズは思わず立ちすくんだ。間もなく音がやみ、恐怖の牢獄(ろうごく)から解放されたときには、彼女はうずくまって小さく体をまるめていた。

シーザーは低く悪態をついた。愛車のパワフルなワイパーも、土砂降りの雨には充分な効果を発揮しきれていなかった。

闇の中に稲光がひらめき、明かりの消えたカステッロを瞬間的に照らしだした。シーザーは正面玄関前で車をとめた。

玄関を入ると、家政婦が発電機を作動させるようスタッフに指示を出し、ほかの使用人たちはろうそくに火をつけはじめていた。家政婦はシーザーが帰ってきたのに驚いたとしても、顔には出さなかった。

「妻は？」シーザーは尋ねた。「彼女はどこにいる？」

「公爵さまのスイートにおいでです。横になりたいから起こさないようにとおっしゃって」

恐怖におののく姿を誰にも見られたくないのだ、と思いながら、シーザーは一段おきに階段をあがっていった。雷におびえて助けを求めた相手に、怖がるなと怒られ、罰せられたときの子どもの気持ちを思うと、心臓をわしづかみにされて、力任せに締めあげられたような気がする。

せめてあの夏、自分がもっと彼女のことを理解していたら。知恵と洞察力といたわりをもって、表面に表れないほんとうの彼女を理解していたら。

肖像画が並ぶ回廊を走っているとき、また稲光がぱっと光り、耳を聾(ろう)さんばかりの轟音(ごうおん)が響きわたった。雷はいよいよ近づいている。

スイートルームにたどり着くと、彼は明かりになるものをなにも持ってこなかった自分のうかつさを呪いながらドアをあけ、闇に目を慣らしつつ居間から寝室へと移動した。ベッドが空っぽでまったく乱れていないことに気づくと、いっそう心配になって胸がどきどきしてくる。

いったいどこだ？　暗くて安全なところに逃げこむ、とオリバーは言っていた。

シーザーはルイーズの衣装部屋に向かい、扉をあけてみた。そのとき発電機が作動して明かりがつき、ルイーズのいない内部を照らしだした。衣装部屋だけでなく、浴室にもいない。

いったいどこなんだ？

シーザーは不安で息が苦しくなった。自分がルイーズをどれほど大事に思っているか、どれほど愛しているか、もしもまだ証拠が必要だとしたら、先刻オリバーの話を聞いたときから心をかき乱しているこの感情がなによりの証拠だ。もう真実から逃げることはできないし、逃げたいとも思わない。いまはとにかくルイーズを見つけだして抱きしめ、もう大丈夫だと言ってやりたかった。愛している、もうなにも心配いらない、一生きみを守っていく、二度と放さない。そう伝えてやりたい。

だが、その前にルイーズを見つけなくては。

シーザーは再び寝室に戻り、自分自身の衣装部屋のドアの隙間から細く光がもれていることに気づくと、ぴたりと立ちどまった。ぼ<ruby>く<rt>﹅</rt></ruby>の衣装部屋？　ルイーズがそんなところを避難場所にするはずはない。ぼくを頼るはずがないように。だが、あそこの明かりは確かに消してきたはずだ。なにかが――風に揺らめくろうそくの火のようにかすかな希望、かすかな喜びが、心の中でまたたいた。

シーザーはドアを押した。

ルイーズがソファーでまるくなっていた。シーザーのジャケットをかぶっているので、はみでている脚とブロンドの髪の一部しか見えないが。

愛とせつないほど甘美な感謝の気持ちが胸を満たしはじめた。

シーザーはソファーに近づいてかがみこみ、彼女のこわばった体にそっと手をかけて、優しく名前を呼んだ。

雷はいよいよ近づいていた。この窓のない部屋にいても、ルイーズにはいやおうなく音が聞こえていた。あと数秒で真上に来るだろう。クロゼットにかかっていたシーザーのジャケットを体に巻きつけたいという衝動は、どうしても抑えきれなかった。彼のコロンの香りに慰められている皮肉に、どこかゆがんだ喜びがこみあげてくる。

けれど、そのせいでシーザーの声が聞こえることなどはありえず、ということはわたしは頭がおかしくなりかけているのかもしれない。彼がここにいるはずはない。いるはずはないけれど、いてほしい。そうでしょう？　そう、わたしはなによりもそれを望んでいる。情けなさに涙が出そうだ。

突然閃光がひらめき、シーザーがあけはなしてきたドアの向こうの寝室が照らしだされるのが見え、続いてものすごい音がとどろきわたってルイーズの思考力を吹き飛ばした。恐怖のあまり悲鳴をあげ、身をかたくした彼女の横に腰かけると、シーザーは震える体をそっと抱きしめてやった。

全身をこきざみに震わせているルイーズは折れそうなほどかぼそく、シーザーは胸がいっぱいになった。こみあげてくる涙をまばたきして押し戻しながら、心の中で自問する。いったいどうして彼女を顧みずにいられたのだろう？　公然と非難される彼女にどうして背を向けられたのだろう？　悔恨と無念さにシーザーの手も震えだしている。

頭上でまた大きな音がして、ルイーズは悲鳴をあげて彼に寄りそった。

「大丈夫だよ、ルー。もう大丈夫。なにも心配いらない」

シーザー。シーザーがここにいる。ここにいて弱いわたしを、ヒステリー状態のわたしを見ている。もう人には絶対に見せないと誓ったはずの醜態を。

絶望のうめき声をもらし、ルイーズは彼から離れようとしたが、シーザーはそうはさせず、いっそう彼女を抱きすくめた。喉もとに彼女の顔を引きよせ、唇を肌に感じるほどに。いまのルイーズにとって、いとしいシーザーのあたたかな肌に唇を押しつけることほど簡単なことはなかった。

いま彼の腕の中で体を大きく震わせているのは、雷のせいではない。雷はすでに勢いを失って遠のきはじめている。いまは雷よりもさらに大きな脅威が彼女の心の平安を脅かしていた。

シーザーがここでわたしを抱きしめている。わたしをたいせつに思っているかのような、信じられない言葉をささやきながら。そんなのありえない。彼がわたしをたいせつに思うとしても、それはオリバーの母親だからにすぎない。

オリバー。罪悪感と不安に、ルイーズの体が緊張した。

「なぜ帰ってきたの？　オリバーはどこ？」この雷雨で息子の身になにかあったのではないかと、恐怖の念にかられた母親の口調だ。

「オリバーはもうローマに着いているだろう」シーザーは答えた。「ぼくがなぜ帰ってきたかということについては……」

ルイーズの顎を片手で持ちあげ、自分と目をあわさせる。その触れかたは息がとまるほど優しい。

「オリバーが山の上の雷雲を見て、きみのことを心配したから帰ってきたんだよ」

ルイーズが息をのむと、彼は続けた。

「オリバーを叱らないでくれ。ぼくが無理に聞きだしたんだから。きみが雷を怖がることも、その理由も」

ルイーズははじかれたようにまた彼から離れようとした。

「だめだ、どうか逃げないでくれ。恥じるべきはきみではなく、ぼくなんだ。きみの父親の仕打ちはひどいけれど、ぼくも同じくらいひどいことをして、きみを傷つけてしまった。きみと初めて会ったあの夏、自分の心の一番深いところに隠れていたほんとうの気持ちに目をつぶり、プライドを優先させて公爵らしくふるまう道を選んでしまった。その結果、きみを失い——当然の報いだが、しかも、きみを傷つけた自分を永遠に許せなくなった」

「そんな話は聞きたくないわ」ルイーズは険しい声音で言った。

彼は触れてほしくないところに触れ、わたしがなんとか隠してきた感情を暴きたてようとしている。彼の優しさに、ただでさえもろくなっているわたしの防御は突きくずされてしまいそうだ。

「もしぼくたちに愛情あふれる幸福な未来を築く希望が少しでもあるのなら、聞いてもらわなくてはならないんだ」

愛情あふれる幸福な未来？

ルイーズは目を見開いたが、シーザーはさらに言葉を続けた。「ぼくたちは二人とも、それを望んでいるだろう、ルイーズ？　愛情の上に築かれた未来を」

ルイーズは罠にかかったような気がした。わたしが彼を愛していることに気づいて、彼は同情しているのだ。雷を恐れるわたしの弱さに同情しているように。ほかに説明のしようがない。だとしたら彼にわからせてやらなくては。彼を愛していても、わたしにはわたしのプライドがあるのだと。オリバーに、女とは感情にとらわれて弱くなってしまう動物だなんて思わせたくはない、女でも感情ゆえに強くたくましくなれるのだということを教えてやりたいのだと。

「わたしがあなたを愛しているからといって――」ルイーズは震える声で切りだしたが、先を続ける前にシーザーがさえぎった。

感情がむきだしになった、かすれ声で彼は言った。

「ぼくを愛しているんだね？　いままできく勇気が……いや、きく権利さえ……。だが、心の底で夢見て、希望を抱きはじめてはいたんだ。ああ、ぼくの愛する人。大事な恋人……」

どうなっているの？　ルイーズは驚愕と喜びと不信感で頭が混乱してきたが、シーザーは両手で彼女の顔をはさんで唇を優しく触れあわせた。

これは夢だ。夢に違いない。わたしがしがみついているこの肩のたくましさや〝ぼくの愛する人〟と呼びかけた声のせつなさは夢とは思えないけれど、でも、夢でないわけがないでしょう？　それともこれはほんとうに現実なの？

「シーザー？」ルイーズはキスを受けながら、おぼつかない声で呼びかけた。

シーザーはすぐに彼女の疑念や当惑を察知し、しぶしぶながらもキスを中断した。だが彼女を放すことはできず、その体に腕をまわしたままにしている。

「きみに話したいことがたくさんある」彼は言った。「きみに言わなくてはならないことや謝らなくてはならないことが山ほどあるんだ。だけど、その時間はこれからいくらでもあると思いたい。これから一生かけて、ぼくがどんなにきみを愛しているか証明していきたいんだ。初めて会ったときから、どんなに愛していたか」

ルイーズは彼の言葉を否定するように小さく叫び声をあげ、抱擁から逃れようとしたが、シーザーはしっかりと抱きしめて放さなかった。もう二度と自分は愛されていないとか尊敬されていないとか感じさせたくなかった。

「きみがなにを考えているかはわかっているよ。十年前のぼくはきみに対してほんとうに冷酷だった。その冷酷さはうぬぼれと傲慢から来るものだったんだ。あれは卑怯者の態度でもあった。自分の内なる真実を知りながら、その真実が自分自身の引いた図面になじまないという理由で直視しようとしなかった。ぼくがきみに対しておかした罪の中でも最悪なのは、きみに恋しているという現実を、自分自身にさえ、決して認めなかったことだ。そう、ぼくはきみに恋していたんだ、ルイーズ。ぼくが自分自身に対して持っていたイメージや、自分にふさわしいと考えていた人生の設計図を、きみのなにかが焼き払ったんだよ。きみは決して……」

「あなたが手に入れたいと願っていたようなタイプではなかった？」彼にかわってルイーズは言った。

シーザーはため息をついた。「そのとおりだ。だからきみについては自分自身の感性よりも、ほかのみんなの批判を信じることにしたんだ。楽な道を選んだという意味でも、ぼくは卑怯だった。きみへの思いを否定するのに、他人の批判を利用したというわけだ。きみがその身を投げだしてくれたのに、ぼくはあとになって公然ときみを拒絶した。ほかの者たちがそうすることを期待したから。そんな自分をぼくはいまでも許せそうにない」

ルイーズは彼の声に真摯な響きを聞きとった。

「あなたひとりが悪いわけじゃないわ」その言葉が本心からのものであることには彼女自身も驚いた。

「わたしだってあなたに正直だったとはいえないし。

最初は父の気を引くためにあなたを利用するつもりだったの。だけど、その後……」

ルイーズが絶句したので、シーザーはじれたように言った。「その後ぼくに恋をした？」

ルイーズは顔をそむけた。シーザーに過去のことを知られたいまでさえ、自分の傷つきやすさがあらわになってしまうような告白はなかなかできなかった。愛する人からの拒絶はのちのちまで尾を引くものなのだ。かつては持っていたかもしれない自信をことごとく打ち砕いてしまう。

「ルイーズ、こっちを見て。お願いだ」

シーザーに顔の向きを変えさせられて彼と目をあわせた瞬間、ルイーズははっと息をのんだ。彼の目には悔恨と祈るような思いがありありとうかんでいた。そんなに大事なことなの？　そこまでわたしを大事に思ってくれているの？

勇気がうせないうちに彼女は急いで答えた。「ええ、その後あなたに恋をしたの」

「だが、それをぼくがめちゃくちゃにしてしまった――きみがくれた世にも貴重な贈り物を。そのためにぼくは散々苦しんだ。夢の中やぼくのひそかな物思いの中には、いつもきみが存在していた。どうしてもきみが忘れられず、今日も帰ってこないではいられなかった」

「わたしのために帰ってきてくれたのね？　わたしを一番に考えて」その事実に対する思いのすべてが声に表れていた。

「そうだよ。もっと早くからそうすべきだったんだ。ずっと前から」

「あなたに拒絶されたときは、ほんとうにつらかったわ」

「わかってる。許しがたい過ちだ。ぼくがほんとうに拒絶し、否定したかったのは、きみにかきたてられた思いだったのに」

ルイーズは彼の顔を見た。

「きみがほしくてたまらなかったんだよ、ルイーズ。不本意なくらいに。そんな自分が腹立たしく、その原因であるきみを恨んでしまったんだ。ファルコナリ公にあるまじきことだったから。若くて傲慢だったんだ。いまはきみがもう一度チャンスを与えてくれることをなによりも願っている——ぼくの愛の深さを証明するチャンスを」

「ああ、シーザー」

その二語にルイーズの感情のすべてが凝縮されていた。

「嵐は去ったな」シーザーが寝室のほうに目をやって言った。「見てごらん」ルイーズの手を引き、衣装部屋から寝室に出ていく。窓の外には宵闇が降りていたが、空が晴れ、月が出ているのは見えた。

「シーザー?」

ルイーズが呼びかけると、シーザーはふりかえって唇にキスをし、それから彼女を抱きあげてベッドに運んだ。

「ひとつ嵐が去っても、次の嵐が迫っているようだ——ぼくたち二人をとらえて離さない激しい嵐が。ぼくを信じ、二人の愛を信じて、その嵐に身をゆだねてくれるかい?」

愛を信じて身をゆだねる? わたしにできるだろうか? 彼を信じ、自分を信じ、なにがあろうと受けとめる勇気をほんとうに持てるだろうか?

それを確かめる方法はひとつしかない。

ルイーズは彼を見つめてうなずいた。

「ええ」熱を帯びた声でささやく。「信じるわ」

シーザーがなにを問うているのかはわかっていた。それに自分の返事が意味するものもわかっていた。シーザーはゆっくりと、だが次第に熱をこめてキスをし、ルイーズも情熱的にこたえはじめた——長く自分の中にとじこめてきた情熱を解き放って。

その危険で激しい情熱に自分が押し流されていくのがわかる。一瞬拒絶されるのではないかという過去の恐怖心がよみがえってきたが、それを読みとったかのようにシーザーがかたく抱きしめて耳もとでささやいた。

「大丈夫、大丈夫だよ。これからはずっとぼくが守っていく。きみは一生安全だ」

安全？　彼のせいでわたしはこんな気持ちになっているのに？　もうこの体をどうにでもしてほしくなっているのに？

「あなたがほしいの」それしか言えなかったが、それで充分だった。シーザーは彼女の服を脱がせ、その体にキスの雨を降らせてルイーズを震わせた。

どこからか勇気がわいてきて、ルイーズも彼の服を脱がせはじめた。喜びに胸をときめかせながら、あらわになっていく男の体を手と唇で探索し、すでにかたくこわばっているものが激しく脈打ちだしたのを確かめる。

「ああ、きみがほしくてたまらない……」

ルイーズは彼の話を思い出してささやいた。「不本意なくらいに？」

シーザーは首をふった。「もうきみに対する思いに不本意なところなどなにもないよ」

その言葉に心が癒やされ、ルイーズは暗い過去から明るい未来に向かってついに最後の溝を飛びこえた。

「愛しているわ、シーザー」そう告げた次の瞬間、その言葉を彼がどれほど重くとらえているかを疑問の余地なく伝える情熱的なくちづけを受けた。

いまシーザーは彼自身の傷つきやすさをルイーズの目にさらけだしていた。ルイーズは愛と誇らしさが胸いっぱいにあふれだすのを感じた。自分の体を見おろす彼のまなざしに身震いし、その手や唇の愛撫に全身で反応する。

だが、女らしい胸のいただきを口に含んだときにはシーザーのほうが身震いした。体を弓なりにしてあえぐルイーズの姿に欲望が燃え広がり、かろうじて残っていた自制心の最後のひとかけらをも焼きつくす。

夢の中で、あるいはひそかな想像の中で、何度こうすることを夢見てきたかわからない。だが、いま彼女はここにいる。ここでぼくの愛に喜んでこたえてくれている。

シーザーが彼女の腿を開くと、ルイーズはきらきらと輝く目で彼を見あげた。熱く濡れたところを優しくゆっくりと愛撫され、息をのんでわななく。

「シーザー……」

ルイーズはもう待てなかった。手を伸ばしてシーザーを引きよせ、彼の腰に両脚を巻きつける。シーザーももう限界だった。彼女の中に入ると、まるでふるさとに帰ってきたようなあたたかさに包まれた。

二人はともに動きはじめた。最初は静かに、やがて喜びの声を抑えきれなくなって一心不乱に動きつづけ、完全な一体感で結ばれた至福の瞬間を迎えた。

それからどのくらいたったのか、ルイーズはシーザーの腕に抱かれながら心ゆくまで愛をささやいた。

「ぼくはきみにふさわしくない」シーザーは感きわまったようにささやきかえした。「だが、これからふさわしい男になれるよう努力するよ。約束する。ただなにより残念なのは、きみにもう子どもを授けてあげられないことだ」ルイーズの髪に顔をうずめ、彼は声をくぐもらせた。

「あなたはオリバーを授けてくれたし、愛を与えてくれた。それ以上にわたしの望むものはないわ」ルイーズは本心から言った。

シーザーが深々と息をついたことに気づき、彼女はいま初めて彼にかかっていた重圧に気づいた。自分自身を、自分が思っていたほどの男ではなかったと――周囲にそう思わされてきたほどの男ではなかったと、認めるのは決して容易なことではないだろう。ルイーズは彼の体に両手をまわし、わが子にするように優しく抱きしめた。

シーザーは気持ちが落ち着くと、かすれた声で言った。「もしかしたら、ぼくたちの人生を導いているものがあるのかもしれないな。運命というやつのほかに、そのなにかがぼくたちのあいだにオリバーを授けてくれたんだ。お互いもう一度やりなおせるように。もうこれからは死ぬまできみを愛しつづけるよ」

「わたしもよ」ルイーズは言った。

そっとキスをかわしたとき、ふいに銀色の月光が差しこんで、セクシーな男性の体を、ついで柔らかな女性の体を照らしだし、二人は再び抱きあった。愛の言葉をささやきあい、ついに過去が永久に葬り去られたのを実感しながら。

エピローグ

十八カ月後

「ほら、見て。シーザーとオリーがフランチェスカをみんなに見せてまわってる。二人そろってほんとうに誇らしげだわ」アンナ・マリアが笑いながらルイーズに話しかけ、ルイーズは生後四カ月の娘を洗礼式の客たちに紹介している夫と息子に目をやった。

二人の最高の奇跡とは――検査結果を知らされていっしょに超音波の画像を見たとき、シーザーは感動してそう表現した――非常に確率が低かったにもかかわらず、ルイーズが妊娠したことだった。最後に受けた健康診断によると、シーザーに子どもができる可能性はきわめて低いもののゼロではないということだったが、二人とも期待はしていなかった。

「ほとんど望みがない場合にも、まれに授かることはあるんですよ」二人を前に、医師は言った。「なぜそんなことが起きるのか、どうしたらそうなるのかといったことは、まだ科学的には説明できないんですけどね。まあ、単純に偶然の贈り物ととらえればいいんじゃないですかね」

「きみがこの偶然を引きおこしてくれたんだ」診察室を出ると、シーザーは声をかすれさせ、涙ぐんで言った。「きみの愛、きみのすべてが」

「もちろん、もうちょっと大きくなったらぼくも世話をするんだよ。だって妹ができたら、お兄ちゃんはみんなそうするものだものね、パパ？」カルロとしゃべるオリーの声が聞こえ、ルイーズは顔をあげた。

シーザーはフランチェスカをルイーズの腕に返しにきて、オリバーの髪をくしゃくしゃに撫でた。

「そのとおりだよ」二人の男の子はにっと笑い、アンナ・マリアといっしょに彼女のほかの息子や夫を探しにいった。

城の大広間は招待客でいっぱいだが、フランチェスカを抱きとったルイーズは娘を産んだ直後の気持ちを再び思い出していた。あのときは娘と二人きりの病室で、愛と喜び、それにこの第二子の出産を通じて再認識した、夫との特別な絆に心を満たされていた。

ふと娘のことから自分の母親へとルイーズの思考がさまよった。母にも今日の洗礼式の招待状は出してあった。そして例によって、とりとめのないEメールの返事を受けとった。どれほど会いにいきたいと書いてよこしても、母が来ることはこれからも決してないだろう。それでもフランチェスカへのプレゼントを送る、健康と幸せを祈る、とは書いてあり、ルイーズはいつまでたっても母親になりたがらない母を、これまでよりは同情的な目で見られるようになったことに気づいたのだった。

「お父さんがいらしてるよ」

シーザーの静かな声でルイーズの心臓がはねあがった。

フランチェスカが生まれる前に父から手紙が来て、メリンダとは離婚した、彼女はもっと若い男ができて父を捨てた、と書かれているのを読んだときには、そんなことは知りたくなかったと思ったものだった。それをシーザーが、過去の亡霊はもう永遠の眠りにつかせてもいいころではないかと助言したのだ。

「彼はきみの父親であり、オリーのお祖父(じい)ちゃんなんだよ、ルー。それにこの手紙の行間を読めば、彼が寂しく心細い思いでいるのがわかるじゃないか」

父はわたしが寂しく心細い思いをすることには頓着しなかった、と言いかえしてもプラスにならないことは職業柄わかっているし、シーザーの愛に包まれ、幸福な家庭生活を営んでいるルイーズにとって、みじめな子ども時代はいまの幸せとはなんの関係もない、前世の出来事のような気がするほど遠かった。

シーザーに励まされ、彼女は父親宛てにいたわりに満ちた返事を書いた。それからの数カ月間、二人はぽつぽつと、ためらいがちながらも手紙のやりとりをした。ルイーズが問いただすと、父はシーザーからの手紙を、メリンダに強く言われて、隠していたことを認めた。そして孫や義理の息子にどうか会わせてほしいと懇願し、いまでは彼ら全員が家族なのだとルイーズに思い出させた。本心では承知したくはなかったけれど、それでもルイーズは洗礼式に父を招待し、そのあとカステッロに泊まるようすすめた。

だが、これまでのところ父とはまだろくに口をきいていなかった。なにしろ洗礼式で会うという格好の言い訳があったのだ。だが、いま、離れたところからこちらを見ている父に目をやると、妻の心変わりによって謙虚さを身につけざるをえなかった、失意の男に対する憐憫の気持ちがわきあがってきた。とくにどうするという心づもりもないまま、ルイーズはフランチェスカを腕に、父のほうへと歩きだした。シーザーが影のように付き添ってくれていることは見なくてもわかっている。

そばまで来ると、彼女は父の顔を見あげた。皺が増え、以前より痩せた顔を。そこにいるのは、なしとげられたかもしれないことを、なにひとつできなかった男だった。ルイーズは同情を覚えた。その年でひとりぼっちになり、これまで顧みることのなかった娘の厚意にしかすがるものがないなんて、どんなにみじめで情けないことだろう。

「久しぶりね、パパ」ルイーズはかすかに声を震わせた。

「きっとほんとうはわたしをここによびたくはなかったんだろうが――」父は言いかけたが、ルイーズは首をふってさえぎった。部屋の反対側からオリバーがこちらを見ていることに気づいて、自分のやるべきことがふいにわかった。家族の関係とはときとして厄介で複雑なものだけど、それでも努力を続ける価値は確かにある。

「よばないわけがないでしょう？　わたしたちは家族なんだから。そうそう、家族といえば、わが家の一番新しいメンバーに声をかけてやっていただけない？」

一瞬背を向けられるのではないかと思ったが、父は目に涙をきらめかせた。

「大丈夫、パパ」ルイーズは優しく言った。「なにもかも大丈夫だから」

シーザーがルイーズの腕からフランチェスカを抱きとり、義父のほうへと向けながら鼻高々に言った。

「幸いなことに顔はルーに似ているでしょう?」

「この顔だちはルーと同様わたしのほうの家系だな。こんなかわいい赤ん坊は見たことがないよ」

父がかすれた声で言うのを聞き、彼はもう過去を書きかえようとしている、とルイーズは思った。でも、反論するつもりはなかった。なんといっても彼女の心は——それに彼女の愛も、それを宝物のように大事にしてくれる男性に捧げられているのだから。自分をいつの日も、なににもましてたいせつにしてくれる、心から愛してくれる男性に。

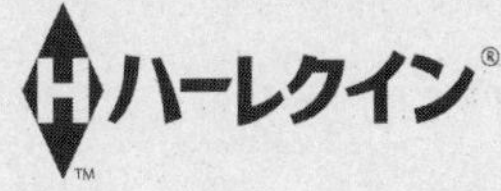

ハーレクイン・ロマンス　2012 年 12 月刊（R-2808）

純愛の城
2024 年 6 月 5 日発行

著　　者	ペニー・ジョーダン
訳　　者	霜月　桂（しもつき　けい）
発 行 人	鈴木幸辰
発 行 所	株式会社ハーパーコリンズ・ジャパン 東京都千代田区大手町 1-5-1 電話 04-2951-2000（注文） 0570-008091（読者ｻｰﾋﾞｽ係）
印刷・製本	大日本印刷株式会社 東京都新宿区市谷加賀町 1-1-1
装 丁 者	高岡直子
表紙写真	© Iuliia Tarasova, Rolf52, Tupungato, Rostislav_sedlacek | Dreamstime.com

ISBN978-4-596-77666-2 C0297

ハーレクイン・シリーズ 6月5日刊 発売中

ハーレクイン・ロマンス

愛の激しさを知る

タイトル	著者／訳者	番号
秘書が薬指についた嘘	マヤ・ブレイク／雪美月志音 訳	R-3877
名もなきシンデレラの秘密 《純潔のシンデレラ》	ケイトリン・クルーズ／児玉みずうみ 訳	R-3878
伯爵家の秘密 《伝説の名作選》	ミシェル・リード／有沢瞳子 訳	R-3879
身代わり花嫁のため息 《伝説の名作選》	メイシー・イエーツ／小河紅美 訳	R-3880

ハーレクイン・イマージュ

ピュアな思いに満たされる

タイトル	著者／訳者	番号
捨てられた妻は記憶を失い	クリスティン・リマー／川合りりこ 訳	I-2805
秘密の愛し子と永遠の約束 《至福の名作選》	スーザン・メイアー／飛川あゆみ 訳	I-2806

ハーレクイン・マスターピース

世界に愛された作家たち
～永久不滅の銘作コレクション～

タイトル	著者／訳者	番号
純愛の城 《特選ペニー・ジョーダン》	ペニー・ジョーダン／霜月　桂 訳	MP-95

ハーレクイン・ヒストリカル・スペシャル

華やかなりし時代へ誘う

タイトル	著者／訳者	番号
悪役公爵より愛をこめて	クリスティン・メリル／富永佐知子 訳	PHS-328
愛を守る者	スザーン・バークレー／平江まゆみ 訳	PHS-329

ハーレクイン・プレゼンツ作家シリーズ別冊

魅惑のテーマが光る
極上セレクション

タイトル	著者／訳者	番号
あなたが気づくまで	アマンダ・ブラウニング／霜月　桂 訳	PB-386

※予告なく発売日・刊行タイトルが変更になる場合がございます。ご了承ください。